Verlag: BoD · Books on Demand GmbH,
Überseering 33, 22297 Hamburg,
bod@bod.de
Druck: Libri Plureos GmbH,
Friedensallee 273, 22763 Hamburg
ISBN: 978-3-7693-7910-5

Inhalt

Vorwort

Aus europäischer Sicht im Jahr 1200 n. Chr. war die Welt der Maya praktisch unbekannt – sie existierte jenseits der Wahrnehmung. Es gab keine direkte Kenntnis über Mittelamerika oder die Völker dort. Europa lebte zu dieser Zeit noch in einer geschlossenen Weltvorstellung, stark geprägt durch die christlich-mittelalterliche Kosmologie.

Die Welt bestand in ihrer Vorstellung aus drei Kontinenten: Europa, Asien und Afrika und war das „Orbis Terrarum".

Der Globus war nicht als Kugel im modernen Sinn vorgestellt, sondern oft symbolisch als Karte, Europa oben links, Asien oben, Afrika unten rechts.

Alles andere wie etwa Amerika, unbekanntes Land oder schlicht im Weltbild nicht existent. Es gab nur vage, legendäre Vorstellungen, Mythen von Inseln im Westen, Hinweise aus der Antike auf Atlantis oder andere versunkene Reiche. Die Wikinger hatten um das Jahr 1000 Vinland am Rande des heutigen Kanada erreicht, aber diese Entdeckungen waren lokal und nicht verbreitet bekannt.

Man kannte den Islam über die Kreuzzüge gut. Über die Mongolen und China gab es erste Gerüchte. Die Maya, Azteken oder Inka waren gänzlich unbekannt – kein Name, kein Bericht, keine Vorstellung. Missionare, Händler, wie später Marco Polo, und Pilger waren die einzigen

Informationsquellen über ferne Länder, jedoch erreichten sie nie Amerika vor 1492.

In der Zeit der Hochblüte der Maya, die bereits um 900 zu zerfallen begann, blühten Städte wie Chichén Itzá und Uxmal noch im Verborgenen. Die Maya lebten, ohne dass die Europäer auch nur eine Ahnung von den beeindruckenden Kulturen und ihren hochentwickelten Gesellschaften hatten. Sie hatten Schrift, komplexe Kalender, ein fortgeschrittenes System der Astronomie und lebten in einem reich strukturierten Glaubenssystem. Für einen Europäer zur damaligen Zeit hätte die Welt der Maya nicht mal als Gerücht existiert. Der Gedanke, dass irgendwo seit Jahrhunderten solche Kulturen pulsieren, war einfach undenkbar. Ebenso, dass diese Kultur unter großem existenziellem Druck durch Klimaveränderungen, Dürre und Missernten stand.

Sie lagen jenseits der bekannten Karten, Glaubenssysteme und Handelsnetze Europas. Erst mit der „Entdeckung" Amerikas durch Christoph Kolumbus rückte Mittelamerika ins europäische Blickfeld, allerdings ohne, dass er jemals verstanden hatte, wo er war. Viele Jahre später.

Zunächst glaubte Kolumbus deshalb, er sei in Indien gelandet, daher auch der aus europäischem Größenwahn der heute noch geläufige Name „Indianer" für die angetroffenen Bewohner.

Ein europäischer Gelehrter um 1200 könnte über das „Ende der Welt" spekuliert haben, ganz ohne zu wissen, dass dort hoch entwickelte Kulturen, wie die der Maya, blühten.

Schauen wir, wie der Mönch Gregorius in einem Skriptorium des Klosters Corvey, Anno Domini 1200, über alte Karten und heilige Schriften grübelt.

Er saß im dämmrigen Licht der Laterne, die Schatten über das Pergament warf. Seine Hände ruhten auf einer Weltkarte, sorgfältig mit roter und blauer Tinte gezeichnet, gesäumt von kunstvollen Tierwesen und Fabelgestalten.

„Hier endet Afrika", murmelte er und fuhr mit dem Finger über den unteren Rand des Pergaments. „Und hier Asien – mit dem Paradies irgendwo im Osten, jenseits der Flüsse von Eden."

Er beugte sich vor. Die Karte zeigte ein großes „O" – der umgebende Ozean, durchzogen von einem „T", das die drei bekannten Kontinente trennte. Europa. Asien. Afrika. Kein Westen. Keine Neue Welt. Nur Wasser.

„Doch was liegt jenseits des Meeres?", flüsterte Gregorius.

Ein junger Novize, der Tintenfässer ordnete, schaute auf.

„Meister, meint Ihr, dort könnte Land sein?"

Gregorius lächelte sanft.

„Vielleicht nur Nebel. Vielleicht Drachen. Vielleicht das Ende selbst, wo das Wasser in den Abgrund fällt."

Er lehnte sich zurück. Was, wenn dort ein Reich lag, unerreicht von Römern, unbekannt den Arabern, ungenannt in der Bibel? Vielleicht gab es dort Menschen, mit Augen wie ihren, mit Zungen, die andere Götter nannten.

Aber nein. Das war Torheit. Gott hatte dem Menschen Eden gegeben und drei Söhne Noahs, die die Welt in drei Reiche geteilt hatten. Alles andere war Ketzerei ... oder Dichtung.

Er schloss das Buch und löschte die Lampe. Draußen rauschte der Wind, als flüsterte er von fernen Wäldern und Städten aus Stein.

Aus der Sicht eines Maya-Priesters, der unter demselben Sternenhimmel steht, entsteht der gleiche Gedanke, jedoch mit gänzlich anderer Weltdeutung.

In Uxmal, etwa zur gleichen Zeit, unter demselben Sternenhimmel wie der Mönch Gregorius, steht unter dem Jaguarhimmel auf der Tempelplattform der alte *Aj K'in*, Meister der Himmelszählung. Er kniete auf der kalten Steinplatte des Tempels. Über ihm wölbte sich der klare Nachthimmel, gesprenkelt mit Sternen wie Muschelkalk in dunklem Basalt.

Neben ihm lagen Codices aus Rindenpapier, sorgfältig mit Zeichen bemalt: Spiralen für den Wind, Punkte für Tage, Glyphen für Götter.

„Dreihundert, vierundsechzig ... plus fünf verlorene Tage", murmelte er. Die Götter würden durch das neue Jahr wandeln, wie sie es seit Äonen getan hatten.

Hinter ihm stand sein Schüler, *Xul Tun*, ein Junge mit wachen Augen.

„*Aj K'in*", fragte er leise, „was liegt hinter dem Meer, dort wo die Sonne aufgeht?"

Der alte Mann lächelte, ohne aufzusehen.

„Hinter dem Meer liegt das Reich von Itzamná, das Haus des Nebels, der Ursprung der Träume. Niemand kehrt von dort zurück."

Der Junge schwieg.

„Und doch", sagte *Aj K'in* und blickte nun auf, „manche sagen, es gäbe Städte dort. Städte aus Stein wie unsere.

Völker, die den Himmel zählen, wie wir es tun. Vielleicht …
sind auch sie Kinder des ersten Schöpferwortes."
Ein Windstoß fuhr durch die Palmen. In der Ferne rief ein
Nachtvogel.
„Aber wenn dort jemand ist", fuhr der Alte fort, „so sehen sie
uns nicht. Und wir sehen sie nicht. Wie Sterne am Tage."
Er legte seine Hand auf die Schulter des Jungen.
„Bleib bei dem, was du sehen kannst. Zähl die Schatten,
höre die Trommeln, beobachte die Venus. Alles ist im Wan-
del. Auch das, was wir bisher nicht kennen."
Über sie glitt ein stiller Sternschnuppenschweif über das
Himmelsband.
Und irgendwo, jenseits der endlosen See, saß ein Mann in
einem Kloster und fragte dasselbe.
Mönch Gregorius aus Europa und *Aj K'in* aus der Maya-Welt
… es ist kein weiter Weg für Gedanken. Eine Vorstellung,
dass die beiden lediglich durch den Raum, jedoch nicht
durch die Zeit getrennt, in Gedanken, Träumen oder durch
das gemeinsame Staunen über den Himmel sich begegnen.
Sie kennen einander nicht, und doch scheinen sie kurzzeitig
über Ozeane hinweg verbunden zu sein.
„Schatten über dem Meer"
Ein Zwiegesang zwischen zwei Welten, im Jahr 1200.
Gregorius hebt den Blick vom Manuskript.
Die Kerze flackert, und der Wind heult durch das Fenstergit-
ter.
Er tritt an das kleine Rundfenster. Dunkelheit. Sterne.
Er fragt sich, ob Gott selbst jenseits des Wassers wohnt –
Dort, wo die Sonne untergeht.

„Sind wir allein in dieser Welt?"

„Ist dort nur Leere, nur Wasser und Verderben?"

Er zeichnet ein winziges Kreuz in die Luft,

doch seine Gedanken wandern weiter als die Karten reichen.

Aj K'in bläst die Glut seiner Räucherung aus Baumharz an.

Copil steigt empor, dreht sich spiralförmig in die Nacht.

„Chak Ek'", in Europa nannten sie sie die Venus, leuchtet hell am Horizont.

Er lauscht dem Atem der Erde.

Sein Schüler fragt, wie auch er sich selbst:

„Ist dort jemand, auf der anderen Seite des Meeres?"

„Tragen auch sie Namen für den Mond? Zählen sie Sterne, wie wir?"

Er zeichnet ein Kreiszeichen im Staub: das Gesicht der Venus.

Dann schließt er die Augen. Und hört ... nichts.

Der Sternenhimmel zwischen ihnen: Himmel schwarz wie zerdrückte Jade.

Doch auch offen wie ein Buch aus Licht.

Beide Männer schauen hinauf.

Zwei Augenpaare, getrennt durch einen Ozean.

Doch für einen Wimpernschlag – ein Gedanke, fast gleich:

„Vielleicht schaut jetzt jemand zurück."

Atoc

In der Welt des jungen Atoc ist jeder Tag ein mühsamer Kampf, ein endloser Zyklus von Pflichten und Ritualen, die kaum Raum für Freude oder Ruhe lassen. Von der Morgendämmerung bis zum späten Abend befindet sich Atoc in einem ständigen Zustand des Arbeitens, Lernens oder der Vorbereitung auf eine Zukunft, die vorgezeichnet und unveränderlich scheint. In der Mitte des undurchdringlichen Dschungels, wo die Sonne kaum durch das dichte Blätterdach dringt, blinzelt der junge Maya einem immer gleichen Tag entgegen. Obwohl seine Welt noch von beeindruckenden Tempeln und manchmal lebhaften Märkten umgeben ist, erahnt man unter der Oberfläche ein Gefühl der Ausweglosigkeit – einer Zivilisation am Abgrund. Der Morgen beginnt mit einem Frühstück aus Mais und Kakao, gewürzt mit einem Hauch von Chili, das mehr an ein Ritual als an eine Mahlzeit erinnert. Selbst das einfache Frühstück, das niemals anders als aus Tortillas, Maisbrei und scharfem Kakao besteht, wird hastig verzehrt, um die kommenden Verpflichtungen rechtzeitig bewältigen zu können. Die religiösen Rituale, die folgen, sind keineswegs eine Quelle des Trostes, sondern drückende Erinnerungen an die zwingenden Erwartungen der Götter und der Gemeinschaft. Selbst das Essen, das Leben in sich tragen sollte, scheint nur ein weiteres Symbol der ewigen Wiederholung zu sein. Die Gebete und religiösen Zeremonien, die folgen, sind nicht nur ein Versuch der Vergebung oder des Schutzes, sie sind ein stummes Flehen einer Kultur, die sich ihrer eigenen Vergänglichkeit allzu bewusst ist.

Der Tag beginnt auch heute wieder mit dem zwangsläufigen Erwachen in den feuchten, dampfenden Umarmungen des Dschungels, wo alles nur eine Frage des Überlebens ist. Während des Vormittags, wenn Atoc in die Schule geht, wird das anspruchsvolle Lernen der Hieroglyphen oder des Kalenders durchgeführt – eine unerbittliche Herausforderung, die auf seinen schwachen Schultern lastet. Sein Gang zur Schule, ein armseliges Gebäude am Dorfplatz, ist weniger ein Bildungserlebnis als eine tägliche Erinnerung an die Grenzen seines Standes. Eine kurze Verschnaufpause zu Hause, um bei alltäglichen Aufgaben zu helfen, bietet kaum Entlastung, denn auch hier sind die Erwartungen hoch und die Arbeitslast schwer. Das Erlernen der Hieroglyphen und die Geschichten der Vorfahren bieten weniger Hoffnung als Resignation. Jedes Wort, jeder Strich in den Stein gemeißelt, ist ein Echo einer glorreichen Vergangenheit, die nun unter dem Gewicht ihrer eigenen Legenden zu erodieren scheint.

In einem kleinen, verstaubten Klassenzimmer sitzt Atoc, in der letzten Zeit nur wenig motiviert. Die wärmende Sonne scheint durch die mageren Fenster, jedoch vermag sie nicht die bedrückende Atmosphäre zu vertreiben, die in der Luft liegt. Atoc schaut auf sein abgewetztes Heft, auf dessen Seiten die Spuren längst vergangener Träume und Hoffnungen haften. Der Raum riecht nach Lektionen, die mehr ein Relikt vergangener Zeiten zu sein scheinen als ein Wegweiser für eine bessere Zukunft.

Der Lehrer, ein groß gewachsener Mann in den Vierzigern, spricht monoton und mit einem Hauch von Frustration über Bräuche und Kämpfe ihrer Vorfahren. Atoc hört zu, aber die Worte scheinen an ihm abzuprallen, wie Regentropfen an einem trockenen Boden. Die Geschichten von Heldentum und Widerstand, die sie erzählt, sind kaum mehr als ein Schatten, der über die Realität von Atoc schwebt. Ihre Gesichter sind gezeichnet von der Schwere der Erwartungen – dem Kampf um das Überleben in einer maroden Welt, die zunehmend die Wurzeln ihrer Identität untergräbt.

Atoc hadert mit seinem Schicksal. Armut, Beklemmung, Ausweglosigkeit, all das sind die begleitenden Wegmarkierungen, die ihn während seiner Lebensstrecke erwarten.

Mathematik wird in den staubigen Bänken unterrichtet, jedoch scheint Atocs Geist weit entfernt von den simplen Gleichungen. Die Zahlen tanzen vor seinen Augen, aber die wirkliche Mathematik des Lebens – das Zählen der Tage, die unerbittlich vergehen, ohne dass sich etwas ändert – bleibt ihm verborgen. In dieser Schule wird ihm nie beigebracht, dass das wahre Problem nicht in den Rechnungen liegt, sondern im Überleben in einem System, das für ihn und seine Familie nicht konstruiert wurde.

Dennoch, um sein Leben zu entschlüsseln und andere Wege zu gehen, interessiert er sich für das Rechnen. Die Zahlen eröffnen ihm möglicherweise eine Gelegenheit, die Welt zu beschreiben und zu erklären.

Die Maya sind Meister der Mathematik, und Atoc lernt das vigesimale Zahlensystem, das auf der Basis zwanzig beruht.

Es ist faszinierend, mit den Steinchen verschiedene Kombinationen zu machen – manchmal zählt er die Finger seiner Hände und Füße, um die Zahlen zu veranschaulichen ... „óox dahin, kan lahun, ho' lahun" zählt er am linken Fuß bis zum letzten Zeh.

Eines der spannendsten Fächer für Atoc ist die Astronomie. Er schaut oft zur Nacht und bewundert die Sterne am Himmel. In der Schule lernt er, wie er die Bewegungen der Planeten und Sterne beobachten kann und wie diese Beobachtungen mit den landwirtschaftlichen Zyklen verknüpft sind. Der Lehrer zeigt ihnen, wie die verschiedenen Sternenkonstellationen die Zeiten des Pflanzens und Erntens vorschreiben. Atoc kann es kaum erwarten, seine eigenen Beobachtungen in der klaren Nacht zu machen und die Geschichten zu erzählen, die mit den Sternen verbunden sind.

Was wird er mit seinem Wissen anfangen?

Atoc ist jetzt sechzehn Jahre alt und kämpft verzweifelt um seine Zukunft.

Die Pausen sind ein Wissen um das Versagen. Während die Kinder um ihn herum zu lachen und zu spielen scheinen, knibbelt Atoc an seinen ohnehin wenigen Möglichkeiten, die noch geblieben sind. Das Wissen, das die Erwartungen an ihn und seine Familie oft unerreichbar sind, drückt sich wie ein schwerer Stein auf seine Brust. Die Armut, das Risiko, die ständige Angst vor dem Verlust der kulturellen Identität – all diese Herausforderungen werden nicht in den Lehrplänen behandelt. Stattdessen ist die Schulbank das Gefängnis seiner Träume.

Und obwohl man ihm einredet, dass Bildung der Schlüssel zu einer besseren Zukunft ist, wächst die Enttäuschung in Atocs Augen. Mit jedem Tag, der vergeht, wird ihm klarer, dass das, was er als Wissen erlangt, oft eher wie Ketten erscheinen, die ihn binden, als Flügel, die ihn befreien könnten. Er lernt nicht, wie er seine Familie ernähren oder seine Landsleute unterstützen kann, sondern wie er sich anpassen und überleben soll.

Der trübe Blick zurück auf sein Heft aus einem Papier, der Rinde des Feigenbaums, immer noch blank von echten Perspektiven, lässt seine Hoffnungen sinken, denn in einem Raum voller Lärm und Stimmen bleibt die Frage unbeantwortet: Was lernt Atoc wirklich, und wird es jemals genug sein?

Das Mittagessen, obwohl nahrhaft, ist nur ein weiterer Punkt auf der täglichen Liste von Verpflichtungen, und die anschließende Ruhepause fühlt sich eher wie ein zögernder Stopp an, bevor die Pflichten des Nachmittags übernehmen. Arbeit im Dschungel oder politische Spiele mit anderen Kindern, jede Aktivität ist eine Vorübung für die unerbittliche Realität des Erwachsenenlebens in der Maya-Gesellschaft. Die Nachmittage sind geteilt zwischen Arbeit und kurzen Momenten des Spiels, doch selbst die Spiele der Kinder sind nur ein Schatten der Kriege, die ihre Väter führen. Atocs Hände, ob beim Fischen oder beim Transport von Steinen für weitere Tempelbauten, sind bereits von der Last der Verantwortung gezeichnet. Die Werkzeuge, die er trägt, sind weniger Instrumente der Schöpfung als Symbole der Zerstörung. Der Abend würde auch keine Erleichterung bringen. Familie und Gemeinschaft mögen zwar zusammenkommen, doch die Atmosphäre ist oft von den drängenden Sorgen um das Wohl und die Sicherheit aller getrübt. Selbst die rituellen Opfergaben, die gemacht werden, um Schutz und Wohlstand zu sichern, sind doch nur eine düstere Erinnerung an die endlosen Forderungen der Götter. Die rituellen Opfergaben, die den Sonnenuntergang begleiten, fühlen sich an wie ein verzweifelter Versuch, die Götter zu beschwichtigen, deren Groll tief in den dunklen Ecken des Dschungels widerhallt.

Wenn Atoc schließlich zu Bett geht, ist es nicht die Vorfreude auf einen neuen Tag, die ihn in den Schlaf begleitet, sondern die erschöpfende Realisierung, dass morgen alles wieder von vorn beginnt, ein weiterer Tag voller Pflichten, Lernaufgaben und dem unabänderlichen Schicksal, das ihm die Maya-Kultur auferlegt hat.

Seine Welt, obwohl reich an Geschichte und kulturellem Erbe, scheint ihm wie ein Gefängnis, in dem jeder neue Tag nur eine Wiederholung der Fesseln ist, die ihn binden. In der Stille der Nacht, unter dem Rauschen des immerwährenden Waldes, träumt Atoc von einem anderen Leben, einem, das vielleicht jenseits der Tempel und der endlosen Wälder existiert. Doch im Herzen weiß er, dass der Morgen nur mehr von dem Gleichen bringen wird.

So dreht sich die Spirale weiter, in einer Welt, die ihre besten Tage gesehen hat und deren Glanz jetzt nur noch eine trübe Erinnerung in den Augen derer ist, die an ihre Mythen gebunden sind. Atoc, ein Kind der Maya, lebt ein Leben, eingebettet in eine Zivilisation, die nicht weiß, wie sie ihre eigene Tragödie überwinden kann.

Wenn Atoc sich zur Ruhe legt, ist es nicht die Erholung, die er findet, sondern ein Warten auf die Wiederkehr des allzu Vertrauten.

Die Welt von Atoc erlebte einen düsteren Wendepunkt, an dem ihre einst bewunderten Städte unter dem Gewicht einer unaufhaltsamen Melancholie zusammenbrachen. Die einst lebendige Kultur, die über Jahrhunderte blühte, sah sich nun rissig und brüchig an, ihre Unvollkommenheiten schälten sich wie moosbedeckte Felsen aus dem Gefüge der Gesellschaft. Wo einst stolze Meister der Kunst, Mathematik und Astronomie wirkten, herrschte nun eine schleichende Verzweiflung, die wie ein Schatten über den letzten Überresten ihrer Errungenschaften lag.

Die physische Umgebung reflektierte diese tiefgreifende Desillusionierung. Die einst prächtigen Städte, durch ihre hohen Pyramiden und filigranen Steinschnitzereien gekennzeichnet, wurden allmählich den Gewalten der Natur überlassen und ruhten in bedrückender Stille. Ihre Straßen, einst von buntem Treiben erfüllt, waren nun still und verlassen, während die Natur triumphierend über zerfallende Mauern und verwitterte Denkmäler herrschte. Wälder schlangen sich um die Ruinen und schienen die Erinnerungen an eine einst blühende Zivilisation allmählich zu verschlucken. Die Luft, die früher von den fröhlichen Klängen lebendiger Märkte und dem unbeschwerten Lachen der Kinder erfüllt war, war nun nur durch das gedämpfte Rascheln der Blätter unterbrochen, die wie trübe Erinnerungen an verlorene Möglichkeiten schienen.

Das Lebenselixier der Gesellschaft, die Landwirtschaft, war zunehmend schwach und verwahrlost. Jäh durften die Menschen die verheerenden Folgen wiederkehrender Dürren erleben, gnadenlose Trockenperioden, die das Herz ihrer Zivilisation verwüsteten. Die Felder lagen brach, die Ernten verdorrten, während die Familien im Schatten des Hungers litten. Der einst heilige Mais, der das Fundament ihrer Kultur bildete, wurde zum bitteren Fluch; jede Missernte nagte am letzten Festhalten an Hoffnung, während Konflikte in den Gemeinden aufkeimten und über Ressourcen gerungen wurden, die der Verzweiflung zum Opfer fielen.

Unter dem Druck all dieser widrigen Umstände begann die soziale Struktur, die einst auf einem komplexen Geflecht von Religion, Herrschaft und Verwandtschaft beruhte, unaufhaltsam zu zerfallen. Die Mächtigen, die früher mit einer solchen Autorität regierten, fühlten sich nun von der erdrückenden Realität des Leidens ihrer Untertanen entblößt. Die religiösen Führer, einst die Mittler zwischen Himmel und Erde, konnten in dieser Kakofonie aus Trauer und Verzweiflung kaum Trost spenden. Ihre opulenten Zeremonien, die einst das Volk in gemeinsamen Feiern vereinigten, waren nun zu hohlen Echos vergangener Traditionen geworden – machtlos gegen die Ängste, die wie ein lähmender Schatten durch die Gesellschaft schlichen.

Inmitten der wachsenden Konflikte zwischen den Stadtstaaten verwandelte sich die Verzweiflung in Gewalt. Die Götter, einst um Gunst angerufen, wurden nun zu stummen

Zeugen des Chaos, und in ihrer Gleichgültigkeit wurde das Gefühl der Isolation der Maya immer bedrückender. Hoffnungen und Träume, die einst im flackernden Licht des zeremoniellen Feuers tanzten, verwandelten sich in übergroße Schatten, die das unvermeidliche Unheil ankündigten. Gemeinschaften, die einst lebendig waren, zerfielen unter dem Gewicht von Angst und Verwirrung, und der Zerfall sozialer Bindungen hinterließ leere Räume, die einst von Lachen und Leben gefüllt waren.

Die Metamorphose der dicht besiedelten Gebiete – einst pulsierende Zentren von Kultur und Handel – zeichnete ein Bild einer Zivilisation, die an den Rändern der Verzweiflung taumelte. Familien zerstreuten sich, auf der Suche nach Zuflucht in den unerbittlichen Bergen oder dunklen Wäldern, und tauschten das verbleibende Erbe ihrer Kultur gegen die schmerzhafte Hoffnung auf Überleben. Die Idee von Gemeinschaft selbst schwand dahin, hinterließ Wunden, so tief, dass bloße Rituale nicht mehr zur Heilung fähig waren. Wer es wagte, aus den Ruinen hervorzutreten, fand sich in feindlichen Landschaften wieder, wo frühere Rivalitäten in offenes Blutvergießen übergingen und das Überleben den einst reichhaltigen Teppich aus Kultur und Bildung, der sie geprägt hatte, längst verdrängt hatte.

So fand sich die Zivilisation in einem erbarmungslosen Abgrund wieder – ein düsteres Symbol dafür, was geschieht, wenn die Früchte von Innovation, Kunst und gemeinschaftlichem Wirken unter dem Druck ökologischer Rücksichtslosigkeit und gesellschaftlicher Disharmonie zerbröckeln. Die dynamische Gesellschaft, die einst von Handel, Intellekt und Spiritualität lebte, war zu einem trüben Schatten ihrer selbst verkommen, eine bittere Mahnung an die Zerbrechlichkeit menschlicher Errungenschaften im Angesicht übermächtiger Widrigkeiten. Das Gespenst der drohenden Auslöschung schwebte schwer in der Luft und flüsterte von längst vergessenen Zivilisationen, während die Maya nicht nur den Zerfall ihrer ehrwürdigen Städte, sondern auch die Erosion ihrer eigenen Identität erlitten.

Für Atoc erschien sein Leben immer deutlicher vor seinen Augen zu erscheinen. Er sah sich mit einer neuen Welt konfrontiert, die es zwangsläufig geben musste. Er hatte mit seinen sechzehn Jahren bereits einen Grundstock an Wissen erworben, hatte seine Perspektiven abgewogen. So stellte sich nur ein Weg in seiner Zukunft dar: Er musste sein Elternhaus und den niedergehenden Ort seines bisherigen Lebens verlassen. Er würde nach Uxmal gehen, eine Stadt, die Hoffnung verhieß. Hier sollte er eine Arbeit finden. Ganz einfach würde es gehen. Er war jung und kräftig, gesund und motiviert.

In einem kleinen, bescheidenen Haus am Rande des Dschungels, dessen Wände von der Feuchtigkeit des Klimas gezeichnet waren, saß Atoc mit seinen Eltern am Fuße einer einfachen Holzplattform, die als Tisch diente. Die Sonne stand hoch am Himmel und strahlte in einem warmen, goldenen Licht auf das kleine Bauernhaus. Es war ein typischer Tag, geprägt von der täglichen Mühe, das Überleben zu sichern. Aber für Atoc war es kein gewöhnlicher Tag;

in seinem Herzen keimte der Traum, die Grenzen seiner bisherigen Welt zu überschreiten.

Der Duft frischer Maisfladen, gebacken von seiner Mutter, lag in der Luft, doch es war nicht der Hunger, der Atoc antrieb, sondern die Sehnsucht nach einem anderen Leben. Als er seinen Eltern gegenübersaß, pulsierte sein Herz schnell in Erwartung des Gesprächs, das er aufrichtig fürchtete. Er wusste, dass seine Worte sowohl Enttäuschung als auch Verständnis hervorrufen könnten.

„Mama, Papa", begann Atoc mit zitternder Stimme, während er die Hände unter dem Tisch verknüpfte.

„Ich möchte in die Stadt gehen."

Jetzt war es gesagt. Einfach so, kurz und brutal.

Ein Augenblick der Stille trat ein, als die Worte in der Luft schwebten. Seine Eltern sahen sich an, ihre Gesichter von Sorgenfalten gezeichnet, und Atoc spürte, wie sich das Gewicht seiner Entscheidung auf die Atmosphäre legte.

Seine Mutter, eine Frau mit sanften Zügen und tiefen Augen, legte ihre Hände auf den Tisch und blickte ihn aufmerksam an.

„Uxmal?", fragte sie leise, als ob der Klang des Namens eine ferne Melodie in ihr Herz spielte.

„Aber mein Sohn, die Stadt ist weit und gefährlich. Was würdest du dort tun?"

Atoc atmete tief ein.

„Ich möchte lernen, handeln und vielleicht eines Tages ein besseres Leben führen. Hier haben wir so wenig, und ich will nicht, dass unser Leben so bleibt, wie es ist!" Er sprach

von den bitteren Nächten, in denen der Hunger ihn wach-
hielt und von den Träumen von Überfluss, die ihn im Schlaf
quälten.

„Ich fühle, dass es mehr für mich gibt als nur das Begleiten
der Jahreszeiten auf unserem Stück Land."

Sein Vater, ein hagerer Mann mit von der Sonne gegerbtem
Gesicht, runzelte die Stirn und blickte besorgt auf seinen
Sohn.

„Atoc, es ist gefährlich in der Stadt. Die Menschen dort sind
nicht wie wir. Du könntest in Schwierigkeiten geraten, du
kennst dort niemanden."

„Aber ich kann in diesem Leben ohne eine Perspektive nicht
mehr leben. Ich möchte in die Welt, ins Leben", entgegnete
Atoc, mit einer Plötzlichkeit, die seine eigene Entschlossenheit überraschte.

Seine Mutter senkte den Blick, während Tränen in ihren Augen aufblitzten.

„Mein geliebter Atoc, wir haben unser Leben hier mit Liebe
und harter Arbeit aufgebaut. Wir haben gelehrt, dass der
Wert eines Menschen nicht in Goldmünzen zählt, sondern
in den Verbindungen, die wir haben. Ich habe gewusst, dass
dieser Tag kommen würde. Wir haben dich lange Jahre bei
uns als unseren Sohn in unserem Leben gehabt. Nun sollst
du deine Zukunft weiter bestimmen."

„Das verstehe ich, Mama", sagte Atoc verlegen, seine
Stimme zitternd. „Ich möchte die Welt sehen. Ich möchte
nicht nur ein Teil des Lebens sein. Ich will leben, kämpfen
und für meine Träume einstehen!"

Die Luft war zum Schneiden schwer von Emotionen und unausgesprochenen Ängsten. Atoc fühlte sich, als würde ein Sturm in ihm toben, ein Widerstreit zwischen Loyalität und dem Drang, seine Träume zu verfolgen. Es war das Herz einer Kämpfernatur, die, so glaubte er, in ihm pulste.

Nach einem langen Moment der Stille, in dem die Dämmerung des Verstehens über ihnen schwebte, lehnte sich sein Vater leicht nach vorn.

„Wenn das, was du willst, dein Weg ist, dann dürfen wir deine Wünsche nicht unterschätzen. Aber es ist eine große Entscheidung, Atoc. Wir werden dich immer unterstützen, egal, was du tust. Doch sei dir der Risiken bewusst.

Atocs Herz schlug schneller bei den Worten seines Vaters. Sie klangen wie eine Brücke zwischen zwei Welten – zwischen der gewohnten Geborgenheit des Elternhauses und dem unbekannten Abenteuer, das vor ihm lag.

„Danke“, flüsterte er, von der Intensität des Moments überwältigt. Doch in seinem Innern wusste er, dass dies erst der Anfang seines Kampfes war. Es gab noch viel zu klären, noch viele Schritte in das Ungewisse.

So umarmte Atoc seine Eltern fest, während die Abendsonne langsam hinter den sanften Hügeln unterging, und das warme Licht eine letzte Umarmung um sie legte. Sie wussten, dass die Entscheidung gefallen war – und damit ein neues Kapitel in ihrem Leben begann.

Nachdem Atoc den ganzen Tag durch die Stadt gestreift war, um eine Arbeit zu suchen, war er schließlich neben einem Schuppen am Hafen auf einem Stapel Taue eingeschlafen. Der rege Betrieb am Hafen war inzwischen einer nachmittäglichen Ruhe gewichen, die Straßen leer. Der Schlaf war nicht eigentlich tief und fest, jedoch gerade so tief, dass er eine Entspannung versprach. Wie so oft gelang es ihm im Handumdrehen hinwegzudämmern, eine gewisse Nähe zur Realität begleitete ihn im Traumland. Er erträumte sich eine wunderschöne Landschaft. Er sah über eine weite, riesengroße Lichtung hinweg. Auf dieser weideten viele Tiere, auch solche, die er noch nie gesehen hatte. Bunte Vögel flogen wie wild und schnatterten und tirilierten wild durcheinander.

In seinem Traum spürte Atoc eine tiefe Verbindung zu allem um ihn. Die Luft war erfüllt mit den süßen Düften exotischer Blumen, und die warmen Sonnenstrahlen kitzelten sanft seine Haut. Alles schien möglich in dieser Traumwelt – eine Welt, in der die Sorgen des Alltags nicht existierten und jeder Tag nur Freude und Abenteuer versprach.

Plötzlich bemerkte Atoc, dass die Tiere auf der Lichtung sich ihm zuneigten, als wollten sie ihn begrüßen. Ein majestätischer Jaguar, dessen Fell in der Sonne glänzte, trat langsam auf ihn zu. Anstatt Furcht zu empfinden, spürte Atoc eine überwältigende Ruhe. Der Jaguar, ein Symbol der Kraft und

Weisheit in seiner Kultur, schien ihm etwas mitteilen zu wollen.

„Atoc", rief eine tiefe, beruhigende Stimme in seinen Gedanken, „du bist bestimmt für Großes. Lass dich nicht entmutigen von den Hürden des Lebens. Erkenne deine innere Stärke und deine Fähigkeit, zu führen und zu inspirieren."

Atoc blinzelte überrascht, als er die Worte vernahm. Es war, als ob die Weisheit der Natur selbst durch den Jaguar zu ihm sprach. Sein Herz klopfte vor Aufregung und neuer Hoffnung, als er langsam seinen Fuß vor den anderen setzte und näher an das majestätische Tier herantrat. Der Jaguar, statt bedrohlich zu wirken, strahlte eine beruhigende Aura aus, die Atocs Sorgen wie Blätter im Wind davontragen ließ.

„Aber wie soll ich dieser Bestimmung folgen?", fragte Atoc zaghaft, die Unsicherheit in seiner Stimme kaum verbergend. Der Jaguar sah ihm tief in die Augen, und für einen Moment schien die Zeit stillzustehen. Das gesamte Universum schien in diesen tiefgründigen Augen eingefangen zu sein, und Atoc fühlte, wie eine unsichtbare Last von seinen Schultern genommen wurde.

„Vertraue auf die Weisheit deines Herzens", antwortete die Stimme, die aus der Tiefe seiner eigenen Gedanken zu kommen schien, „und erkenne die Verbindungen, die zwischen allem bestehen. Du bist nie allein, denn die Energie des Lebens fließt durch dich und durch alles um dich herum. Nutze diese Kraft, um zu führen, zu lehren und zu inspirieren, denn deine Taten werden widerhallen wie der Ruf des Jaguars durch den Dschungel."

Ein Vogel wurde am blauen Himmel sichtbar und setzte sich auf den Kopf des Tieres. Zunächst sang er äußerst lieblich. Immer mehr verfärbte sich der Himmel und im gleichen Maße wurde die Stimme des Vogels schriller und spitzer, geradezu unangenehm und drängender. Schließlich endete der Vogel und erhob sich wieder in die Lüfte. Der Jaguar verschwand, indem er sich auflöste und mit dem Hintergrund verschmolz. Jedoch war der spitze Schrei noch deutlich zu hören. Irritiert tauchte Atoc schließlich aus dem dämmerigen Ruhenebel wieder auf und lauschte. Jemand schrie in hohen Tönen; wie panisch. Er befürchtete, der Traum würde ihn verfolgen und er würde nicht wieder aufwachen können. Panisch richtete er sich auf und bemerkte gleichzeitig zwei Burschen, die nicht weit entfernt ein junges Mädchen bedrängten, sodass dieses ängstlich schrie und sich Hilfe erhoffte. Es war jedoch weithin niemand zu sehen, der ihr beistehen könnte, die Straße war leer. Offensichtlich hatte jeder seine Geschäfte erledigt und war am Nachmittag anderweitig unterwegs, und so sprang Atoc auf, um der Bedrängten schnell zu helfen. Er griff automatisch nach seinem Stab aus dem Kapokbaum, den er sich für seine Wanderung geschnitzt hatte. Er hatte diesen gewählt, denn er galt als heiliger Baum bei den Maya und wurde als „Weltenbaum" verehrt. Er symbolisierte die Verbindung zwischen der Unterwelt, der irdischen Welt und dem Himmel.

Dieser große, majestätische Baum kann bis zu fünfzig Menschenlängen messen und hat einen auffälligen, geraden Stamm. Manchmal warf er längere, ebenso gerade gewachsene Äste ab. Mit Glück hatte er einen solchen gefunden und entdeckt, dass sich das weiche Holz leicht bearbeiten ließ und so hatte er eine griffige und geschmeidige Waffe an seiner Seite.

Atoc stürmte auf die zwei Burschen zu und verpasste dem gänzlich verdutzten größeren der beiden einen kräftigen Schlag gegen die Waden, dass er unverzüglich in sich zusammensackte und vor Schmerz jammernd Atoc verfluchte. Der Schlag war so perfekt angebracht, dass es ihm nicht möglich war aufzustehen, ohne vor Schmerzen schreiend wieder umzufallen.

Auch der zweite Bursche war von der Blitzartigkeit des gut geführten Angriffs wie gelähmt, bekam im Rückschwung des Knüppels einen schweren Schlag von der Seite gegen den Kopf und fiel um wie ein junger Baum. Die Kopfwunde blutete so stark, dass Atoc einen Schreck bekam und glaubte, ihn erschlagen zu haben. Aber er jammerte noch leise, vermutlich wegen rasender Kopfschmerzen.

Das Mädchen erkannte, dass die Bedrohung zunächst gebannt war, rannte zu Artoc und warf sich ihm spontan vor lauter Dankbarkeit um den Hals. Als die Anspannung von ihr abgefallen war, ließ sie ihn frei und setzte sich mit einem leichten Seufzer vor ihm in den Sand. Jetzt, als Atoc sie so nahe vor sich sah, noch überwältigt von der spontanen Umarmung, konnte er nicht anders, als sie stumm anzustarren. Sie war etwa sechzehn Jahre alt und hatte die Schönheit der umgebenden Natur vollkommen in sich aufgenommen. Sie strahlte eine Aura aus, die an die lebendigen Farben der exotischen Blumen erinnerte, die sie am Rande der Straße umgaben.

„Was starrst du mich an wie einen Geist?", fragte sie mit wohlklingender Stimme, „ich heiße Cusi, ich danke dir für dein mutiges Eingreifen."

Cusi hatte lange, schwarze Haare, die sie oft zu einem traditionellen Zopf flocht, der bis zu ihrer schmalen Taille reichte. Ihre Augen waren wie dunkle Obsidianperlen, durchdringend und Weise, wie man es selten bei jemandem in ihrem Alter fand. Ihre Haut erzählte die Geschichte ihres Volkes, eine sanfte Mischung aus Bronze und dem sanften Rot der Abendsonne. Sie trug die traditionelle Kleidung ihrer Gemeinschaft, bunte Gewänder, die mit komplizierten Mustern bestickt waren, welche die Geschichten und Legenden ihrer Ahnen darstellten.

Atocs Knie fühlten sich weniger weich an, als er seine Schläge austeilte. Jetzt stand er unter dem Eindruck von Cusi.

„Das war verständlich ... ich meine selbstverständlich", stammelte er.

Sie lachte freundlich auf, was ihn ein wenig vor der Peinlichkeit der Situation bewahrte.

Der Kerl mit den unbändigen Wadenschmerzen bemühte sich aufzustehen, sackte jedoch erneut zusammen und heulte auf, als Atoc zu ihm ging und mit seinem Knüppel spielerisch noch einmal bei seinem Bein anklopfte.

„Wie heißt du?", fragte er herrisch.

„Ich bin Balam", stotterte er.

„Und dein Kumpel da drüben?"

„Das ist Xul".

„Was soll ich nun mit euch beiden machen, Balam und Xul? Ein Mädchen auf der Straße zu belästigen, sollte eine Strafe nach sich ziehen, die der Tat angemessen ist. Vielleicht ein zerschmettertes Knie?!", sagte Atoc in ruhigen, abschätzenden Ton und klang dabei wie ein Richter.

Balam schrie auf. Er fürchtete natürlich den Schmerz und ebenso die schlimmen Folgen. Er würde niemals mehr, ohne entsetzlich zu humpeln auf die Straße gehen können. Sein Name bedeutete „schnell wie der Jaguar". Alle würden ihn hänseln und er wäre für immer gezeichnet. Die Panik gefiel Atoc und er hob seine Keule, als ob er seinen Worten Taten folgen lassen würde. Auch sein Kumpel Xul starrte inzwischen auf das Geschehen und nun schrien beide schrill auf. Xul vielleicht auch deswegen, weil er glaubte, was einem sein Knie, könnte des anderen sein Kopf werden. Unbeirrt holte Atoc mit seiner nun immer mächtiger erscheinenden Keule aus.

„Nein", schrie Balam laut auf und versuchte wieder erfolglos, sich aufzurichten.

Atoc spannte alle Muskeln an, sodass alles auf einen zerstörerischen Schlag hindeutete und ... schlug die Waffe in den Sand.

Balam hatte den Schlag und unendliche Schmerzen erwartet. So überkam ihn eine kurzzeitige Ohnmacht. Er starrte, wieder erwacht, auf sein Knie und dann ungläubig auf Atoc, dann auf Xul.

„Und jetzt haut ab", sagte Atoc leise, aber unüberhörbar drohend. „Das nächste Mal geht es anders aus".

Er drehte sich zu Cusi, während Balam und Xul einander stützend, langsam wie geschlagene Hunde, sich aus dem Staub machten. Bisweilen stürzte Balam, schrie dabei vor Schmerzen auf. Xul hatte eine blutende Kopfwunde, wischte sich fortwährend über das Gesicht. Die beiden waren das schreiende Elend.

Atoc nahm sein Bündel auf und sah ihnen noch eine kleine Weile nach.

„Ich würde dich gerne begleiten, wenn ich darf, und dich sicher nach Hause geleiten".

Cusi war beglückt von dem Angebot, ebenso wie Atoc, als sie wortlos zustimmte.

„Ich wohne in Uxmal, bei meinem Bruder Tupac", und so gingen sie los.

„Erzähl mir von dir", forderte sie ihn auf.

„Darf ich mir etwas wünschen?", fragte er Cusi und noch ehe sie antwortete, fügte er an: „Erzählst du mir zuerst von dir. Was tust du so allein am Hafen?"

Cusi schritt erstaunlich schnell voran, schwieg einen Augenblick und begann schließlich seinem Wunsch gemäß, über sich zu erzählen.

Obwohl sie jung war, träumte Cusi von einer Welt außerhalb der Stadt, einer Welt, in der sie weiterlernen und ihre Kenntnisse über die Heilkunde und die Geheimnisse der Natur mit vielen anderen teilen könnte. Sie wusste, dass dieser Traum sie eines Tages auf eine Reise weit über die Grenzen ihres Heimatortes führen würde. So war sie aus purer Neugier am heutigen Tage allein zum Hafen gegangen. Aber egal, wohin ihr Weg sie auch führen möchte, ihre Wurzeln und die Liebe zu ihrem Volk würden immer ein zentraler Bestandteil von dem sein, wer sie war und immer sein würde. An etwas Böses, welches nach Atocs Verständnis überall lauern konnte, wäre sie bis zum heutigen Tage nicht gekommen. Sie machte auch jetzt weiterhin nicht den Eindruck eines furchtsamen Mädchens. Das konnte Atoc sofort spüren.

Und so, inmitten der antiken Ruinen und der ewigen Wälder, wuchs Cusi zu einer jungen Frau heran, geführt von der Weisheit der Vergangenheit und dem unermüdlichen Glauben daran, dass in jedem Ende auch ein neuer Anfang liegen kann. Mit einem Herzen voller Hoffnung und einer Seele, die mit den Sternen sang, war Cusi bereit, jedem neuen Tag zu begegnen und die Geschichten und Lehren weiterzugeben, die das Licht ihrer Existenz waren.

Was Cusi jedoch von anderen unterschied, war ihr tiefer Respekt und ihre Verbundenheit mit der Natur. Sie verstand die Sprache der Pflanzen und Tiere und den Web des Lebens, das alles verband. Diese tiefe Verbindung ermöglichte es ihr, Heilkräuter zu sammeln und zu kombinieren, um den Menschen in ihrer Umgebung zu helfen. Ihre Kenntnisse in der natürlichen Medizin hatten ihr schon in ihren jungen Jahren den liebevollen Spitznamen „die junge Heilerin" eingebracht.

„Du bist als Heilerin in deinem Heimatort bekannt?", fragte Atoc erstaunt.

„Warum erstaunt dich das? Ich hatte Zeit genug zu lernen und habe diese gut genutzt." Sie erwiderte dies so selbstverständlich, dass Atoc noch mehr ins Staunen geriet.

Seine Zeit in der Schule erinnerte ihn mehr an Langeweile und Enttäuschung. Er blieb stehen und sah sie nun vor sich hergehen. Schlank und anmutig sah sie aus. Sie bemerkte, dass er zurückgeblieben war, drehte sich um, wischte mit der Hand einige widerspenstige Haare aus dem Gesicht, blinzelte in die inzwischen niedrig stehende Sonne und rief: „Was hast du? Bleib nicht zurück, wir sind gleich da."

„Hier wohnst du?", fragte er erstaunt, während er laufend aufholte. „Das sieht aus wie ein Palast".

„Ich wohne bei meinem Bruder Tupac. Er ist der erste Offizier des Batab, dem Statthalter von Calina."

Atoc wäre lieber im Boden versunken, als durch das Palasttor zu gehen. Aber in Sichtweite der beiden Wachleute getraute er sich kein plötzliches Verschwinden. Als sie nahe dem Tor waren, strafften sich die beiden Wachen und grüßten freundlich.

„Guten Abend, Cusi, wen bringst du mit?", fragte der ältere von beiden.

„Das ist Atoc, er hat mir heute Nachmittag in einer brenzligen Situation geholfen. Ich möchte ihn meinem Bruder vorstellen. Wisst ihr, wo er ist?"

„Im Magazin", antwortete nun eilfertig der Jüngere und verneigte sich.

Die Fassade des Palastes war aus sorgfältig behauenen Steinblöcken errichtet, deren Oberflächen von der Zeit geglättet waren und eine sanfte Patina aus Grün und Orange trugen. Diese Steine schimmerten im Licht der Nachmittagssonne und schufen eine fast magische Atmosphäre. Die großen Eingänge waren mit kunstvoll geschnitzten

Türrahmen verziert, die reich mit symbolischen Darstellungen geschmückt waren – Bilder von Göttern, Tieren und Szenen aus dem täglichen Leben, die den Glauben, die Geschichte und den Stolz der Maya widerspiegelten. Beim Betreten des Palastes nahm Atoc einen angenehm kühlenden Luftzug wahr, der durch die offenen Arkaden wehte. Sein Blick fiel sofort auf den riesigen Innenhof, einen Ort des sozialen Miteinanders und der kulturellen Veranstaltungen. Der Boden war mit leuchtenden bunten Fliesen ausgelegt, die kunstvoll in geometrischen Mustern angeordnet waren. Atoc erhaschte einen Blick in die Gartenanlage und war ganz gefesselt von Aufwand und Kunst. Gewundene Pfade führten durch das grüne Dickicht, gesäumt von bunten Blumen, die den intensiven Duft des Dschungels verströmten und sich mit dem Aroma von frisch gefülltem Kakao und tropischen Früchten vermischten. An strategischen Punkten standen hohe Bäume, deren Schatten ein Gefühl von Sicherheit und Ruhe vermittelten. Obwohl Palast und Garten eher zu den kleineren Ausführungen ihrer Art zählten, herrschte unter den hier lebenden Menschen ein tiefes Bewusstsein für die spirituelle Verbindung zur Natur und den Göttern. Die Atmosphäre war durchdrungen von Respekt und einem tiefen Verständnis für die Macht und die Schönheit des Lebens, wie sie die Maya verstanden und lebten.

„Dort ist das Magazin", deutete Cusi Atoc mit einer Armbewegung an.

Der Duft von getrockneten Kräutern und feinen Gewürzen lag in der Luft und zog die Sinne an. Regale aus dunklem Holz, reich mit filigranen Schnitzereien verziert, stützen sich gegen die kräftigen Steinwände und waren allerdings mäßig gefüllt mit bunten Tongefäßen, die sorgfältig die Schätze der Natur bewahren.

Ein sanftes Licht flutet durch kleine Fenster, deren runde Formen die strahlenden Farben der Wandmalereien zart widerspiegeln. Hier lagern glänzende Keramiken und einige seidene Stoffe.

Atoc stand noch unter dem Eindruck der überschäumenden Ganzheit der Gebäude und des Gartens, welche sich beeindruckend gut miteinander ergänzten, als ihnen mit ausgebreiteten Armen ein großer, freundlich aussehender junger Mann entgegenkam.

„Cusi, meine Schwester. Du bist zurück, wie schön, da können wir miteinander essen. Oh, du hast Besuch mitgebracht. Wer ist er denn?", fragte er freundlich, als er Atoc bemerkte.

„Das ist Atoc, er hat mich heute aus einer brenzligen Situation befreit. Und das hier ist mein Bruder Tupac."

Sogleich schilderte sie, was am Nachmittag geschehen war, und als sie geendet hatte, nahm Tupac Atocs Hand, schüttelte sie heftig und dankte ihm für sein Eingreifen.

„Kommt, lasst uns zusammen etwas essen. Atoc, du musst mir unbedingt von dir erzählen."

Tupac

Der Tagesablauf von Tupac, einem jungen Adeligen, ist deutlich strukturierter als er es aus seinem Leben kannte, stellte Atoc im Laufe des gemeinsamen Essens fest. Er war mehr von seiner hohen Stellung geprägt. Als Sohn einer wichtigen Familie genoss er zunächst eine privilegierte Erziehung. Tupac wird von den ersten Sonnenstrahlen geweckt, die durch das offene Fenster seines steinernen Wohnhauses fallen. Diener bringen ihm frisches Wasser, das aus einem nahegelegenen Bergfluss geholt wurde, damit er sein Gesicht waschen kann. Sein Frühstück besteht aus besonderen Speisen, die nur der adligen Klasse zustehen, wie feinem Maisbrot, getrockneten Früchten und einem speziellen Kräutertee, der die Sinne beleben soll.

Nach dem Frühstück begleitet Tupac seinen Tutor auf die Huaca, die heilige Stätte, um den Sonnengott Kinich Ahau zu ehren. Hier lernte er die Gebete und Rituale, die er als Vermittler zwischen den Göttern und den Menschen ausführen muss. Er hat von den besten die Kunst der Verwaltung, der Astronomie, der Kriegsführung und vor dem frühen Tod seiner Eltern gelernt, Reden zu halten, denn als Adliger wurde von ihm erwartet, dass er sein Volk eines Tages führen und überzeugen kann. Das endete abrupt nach dem Tode seiner Eltern, denn er war noch zu jung, um die Nachfolge seines Vaters anzutreten. Sein Onkel Monaq hatte den Platz eingenommen und somit war der Weg an die Spitze verstellt.

Dennoch wurden ihm die Mahlzeiten in einer prunkvoll eingerichteten Halle serviert, manchmal mit einigen seiner engen Freunde. Die Speisen sind reichhaltig: Kartoffeln mit würzigem Lama-Fleisch und feinen Kräutern, wie am heutigen Abend, waren keine Seltenheit.

„Tupac genießt eine entspanntere Zeit", dachte Atoc, als er über seine dürftige Vergangenheit sinnierte. „Aber auch er hat seine Probleme, die ihn offenbar in eine Sackgasse seines Lebenszieles zu führen scheinen."

„Atoc, du musst mir unbedingt von dir erzählen", forderte Tupac nun von ihm.

„Warum warst du am Hafen? Und wie hast du meine Schwester gerettet und", als wenn ihm gerade das Wichtigste einfiel: „Cusi, was hast du dort eigentlich so allein gewollt?"

„Ich war am Hafen, weil ich nach einem Ort suchte, an dem ich nachdenken konnte", antwortete sie leise und fühlte die Last seiner Besorgnis.

„Dann hast du dort Atoc getroffen?", fragte er irritiert.

Atoc blickte verwirrt von einem zur anderen.

„Tupac, bitte lass mich erklären ... lass mich der Reihe nach erklären.

Meine Eltern sind arme, hart arbeitende Leute. Sie haben nur das Allernötigste, an manchen Tagen haben sie gehungert. Nach meinem sechzehnten Geburtstag habe ich mich entschlossen, sie bald zu verlassen. Vor einigen Tagen habe ich ihnen erzählt, dass ich nach Uxmal gehen werde. Sie waren traurig, jedoch haben sie mich verstanden. Als ich nach ein paar Tagen Wanderung im Hafen eine Pause gemacht habe, hatte ich deine Schwester zunächst gar nicht bemerkt und mich ein wenig ausgeruht. Plötzlich tauchten zwei finstere Gestalten auf, die Cusi belästigten. Ihre Präsenz war bedrohlich, und es war offensichtlich, dass sie Cusi in eine unangenehme Lage bringen wollten. In diesem Moment überwältigte mich ein unerschütterliches Gefühl des Beschützens. Ich bin dazwischengegangen und habe sie vertrieben."

„Vertrieben ist gut, du hast sie mit zwei Schlägen bewegungsunfähig gemacht", warf Cusi lachend ein.

„Stimmt. Wie auch immer, bot ich ihr an, sie nach Hause zu begleiten. Und hier bin ich."

„Es ist bewundernswert, wie du für Cusi eingestanden bist, besonders in solch einer verletzlichen Situation. Deine Entscheidung, deine Familie zu verlassen, um deinen eigenen Weg zu gehen, zeugt von Mut und Entschlossenheit. Die Entbehrungen, die deine Eltern durchgemacht haben, machen dein Handeln umso bedeutungsvoller. Es ist nachvollziehbar, dass sie traurig waren. Aber es macht auch mich glücklich, dass du zur rechten Zeit am rechten Ort gewesen bist."

Tupac erhob sich und legte Atoc dankbar die Hände auf die Schultern.

„Wenn du eine Arbeit suchst, kann ich dir helfen. Ich habe noch einigen Einfluss im Palast. Wir können immer einen Gärtner gebrauchen."

Atoc sah Cusi an, die die Augenbrauen hob, ihn aufmerksam ansah und auffordernd nickte.

Atoc spürte Cusi's aufmerksamen Blick, der ihm sowohl Wärme als auch Hoffnung vermittelte. Ihre Augen funkelten vor Verständnis, als ob sie die Schwere seiner Unsicherheit spüren könnte.

Atoc fühlte sich wie ein Blatt im Wind, verloren und ohne Richtung. Der Blick von Cusi schwebte in der Luft, durchdrungen von Möglichkeiten und einem Funken Hoffnung. Der Gedanke, dass jemand – besonders eine Person wie Cusi, die etwas für ihn zu bedeuten begann – bereit war, ihm zu helfen, überzeugte ihn.

„Ich bleibe gerne", sagte er knapp, ergänzte allerdings:

„Ich weiß nicht, ob ich gut genug bin", murmelte Atoc zögerlich, während er den Blick von Cusi abwandte und auf den Boden schaute. „Es ist so lange her, dass ich wirklich etwas geleistet habe." Die Unsicherheit nagte an ihm, und die Angst vor dem Scheitern schien überwältigend.

Doch Cusi war nicht bereit, ihn in diesem Moment des Zweifels allein zu lassen.

„Atoc, du musst daran denken, dass jeder von uns einmal klein anfängt. Du hast das Talent und die Liebe zur Natur. Glaube mir, der Garten im Palast benötigt jemanden, der mit Herzen bei der Sache ist. Du kannst etwas erleben, das über das Gewöhnliche hinausgeht."

Sie verstand die Sorgen, die ihn bedrückten, und sprach sie mit einer Klarheit aus, die ihn zum Nachdenken brachte. Was hatte er schon zu verlieren? Vielleicht war dies der erste Schritt, den er benötigte. Mit jedem Atemzug spürte Atoc, wie die Hoffnung ein wenig mehr in ihm aufkeimte.

„Ich werde es versuchen", sagte er schließlich, der Klang

seiner eigenen Stimme hatte einen Anflug von Entschlossenheit. „Es wird nicht einfach sein, aber ich vertraue dir, Cusi. Wenn du mir hilfst, kann ich es bestimmt schaffen."
Tupac blickte von Atoc zu Cusi und wieder zurück. Etwas belustigt klatschte er tonlos in die Hände und sagte:
„So werden wir es machen."

Am übernächsten Tag, bereits am frühen Morgen, machte sich Atoc auf, sich bei dem Ajaw K'uk, dem Gärtnermeister des Palastgartens, bekannt zu machen.
Auf dem Weg zu den Gartenanlagen des herrschaftlichen Palastes, der sich wie eine Oase des Überflusses zwischen üppigen Dschungeln und hügeligen Landschaften erhebt, erfüllt der Duft von blühenden Orchideen und süßen Früchten die Luft.
Sein Name war Iktan, und jeder, der ihm begegnete, spürte sofort die tiefe Verbindung, die er zur Erde und ihren Geheimnissen hatte. Seine Hände, von der Arbeit in der Erde gezeichnet, strahlten eine unauslöschliche Weisheit aus, die aus Jahren der Beobachtung, des Experimentierens und des Lernens aus der Natur schöpfte.
Mit leidenschaftlicher Hingabe pflegte Iktan seine Gärten, in denen die Farben der Blumen und die Düfte der Gewürze miteinander tanzten. Hier wuchsen über achtzig verschiedene Sorten von Pflanzen, die nicht nur Nahrungsquelle, sondern auch Symbol für ihre Kultur und Spiritualität waren. Der Gärtnermeister wusste um die Macht der Pflanzen, kannte ihre heilenden Eigenschaften und die Geschichten, die sie erzählten. Er war ein Geschichtenerzähler, der im

Rhythmus der Natur lebte und die Weisheit seiner Vorfahren in jede Saat legte, die er in die Erde setzte.

Er trägt ein einfaches, aber kunstvoll verziertes Gewand aus leichten Stoffen, das in sanften Erdtönen leuchtet — Ocker, Braun und tiefes Grün, harmonisch wie die Natur um ihn herum. Um seinen Kopf liegt ein dekorativer Kopfschmuck aus bunten Federn, die im Sonnenlicht schimmern und ihn wie einen Wächter des Lebens erscheinen lassen.

Sein wettergegerbtes, bronzefarbenes Gesicht erzählt von unzähligen Stunden in der Sonne, geprägt von der Weisheit und der Kraft der Erde. In seinen Händen hält er Werkzeuge, die mit Liebe und Sorgfalt hergestellt wurden; ihre Klingen glänzen wie die Hoffnung, die er in die Saat legt, die er pflegt. Seine Augen funkeln vor Leidenschaft und Hingabe, während er den Boden bearbeitet.

Die ersten Tätigkeiten des Tages sind oft von frischem, kühlem Wasser begleitet, das aus hellblauen, handgefertigten Tongefäßen strömt. Der Gärtner bereitet die Erde vor, lockert sie mit seinen kräftigen Händen, während er mit jedem Handgriff das nahrhafte Erdreich in seinen Verbund mit der Natur zurückführt. Er weiß, dass die Erde, seine Lebensgrundlage, durch seine Pflege genährt werden muss. Mit einer tiefen Ehrfurcht vor der Fruchtbarkeit des Bodens sät er Gemüse und Heilkräuter, die nicht nur den Gaumen des Batab verwöhnen, sondern auch die Gesundheit der Gemeinschaft fördern.

Himmlische Pflanzen wie die Kakaobäume, deren Früchte ein Symbol des Reichtums sind, finden in den Händen des Gärtners ein neues Zuhause. Er spürt die Kraft der

Kakaobohnen, die nicht nur als Zahlungsmittel, sondern auch als heiliges Getränk angesehen werden. Bei der Pflege dieser Bäume, bei jedem Schnitt und jeder Düngung, denkt er daran, wie sie das Leben, die Kultur und die Traditionen seines Volkes bereichern. Es ist ein Gefühl der Verantwortung, das ihn durchdringt, als wäre jede Pflanze ein Teil seiner eigenen Identität.

Das Zusammenspiel von Pflanzen und Tieren, das in seinen Gärten pulsiert, erfüllt ihn mit Freude. Hier, wo Kolibris in lebhaften Farben umherfliegen und Schmetterlinge wie kleine Windgeister tanzend von Blüte zu Blüte gleiten, findet der Gärtner einen tiefen Frieden. Die Komplexität und Schönheit dieser Naturkomposition lassen ihn oft innehalten und die Unendlichkeit des Lebens spüren. Er spricht leise mit den Pflanzen, als glaube er, ihre Antworten in dem sanften Rascheln des Blätterwerks zu hören. Es ist eine geheime Verbindung, die ihn nährt und ihm Kraft gibt.

Im Herzen des Palastgartens sind die botanischen Wunderkompositionen sorgfältig angeordnet, um das Auge des Betrachters zu erfreuen. Hier werden duftende Blumen wie die Jadeblüte und die prächtigen Lianen angebaut, die bei Festen und Zeremonien eine zentrale Rolle spielen. Er lässt ihre Farben leuchten, malt mit der Natur und gestaltet eine Atmosphäre, die Erhabenes und Geheimnisvolles zugleich ausstrahlt. Die Palastbewohner, ob Könige, Priester oder Bürger, fühlen sich von dieser Pracht magisch angezogen; sie finden Trost in der Stille der Gärten und tauchen ein in die Wunder der Schöpfung.

Doch jede Blüte hat ihre Zeit und ihre Herausforderungen. Der Gärtner kämpft gegen Unkraut und Schädlinge, spürt die Einschränkungen von Regen oder Trockenheit. Er weiß, dass das Leben, das blüht, auch verletzbar ist. Es sind diese Kämpfe, die ihn stärker machen und ihn lehren, Geduld und Hingabe zu üben. Der Gärtner wird zum Mediator zwischen Mensch und Natur; seine Augen spiegeln das Verständnis wider, dass das Gleichgewicht der Natur auch das Gleichgewicht seiner eigenen Existenz ist.

Am Ende der Arbeitstage, wenn der Abend die Landschaft in goldene Töne taucht, steht der Gärtner oft still und schaut auf das, was er geschaffen hat. Er weiß, dass er nicht nur die Pflanzen pflegt, sondern auch eine Seelenlandschaft, die zum Herzschlag seiner Kultur gehört. Seine Hände sind zwar oft erdfarben, doch das ist das Zeichen einer tiefen Verbindung zur Erde und der Natur, die er mit all seiner Leidenschaft und Liebe beschützt.

Atoc arbeitete zwei Jahre im Palastgarten und lernte viel von Iktan. Es gab noch so viel Unbekanntes. Zu Beginn seiner Tätigkeit war er überzeugt gewesen, er wisse schon über alles Bescheid; er habe bereits hinreichende Kenntnisse über alle Pflanzen im Garten. Oftmals hatte er sich dem Gärtnermeister gegenüber hochnäsig verhalten. Iktan war jedoch immer freundlich geblieben, und so lernte Atoc auf ihre sanfte Art das Wesen der Pflanzen kennen.

Die ersten Wochen waren eine Herausforderung. Atoc war fest davon überzeugt, dass seine bisherigen Studien ihn zu einem Experten machten. Er betrachtete die bunten Blüten und die üppigen Blätter als bloße Objekte, die es zu formen und zu gestalten galt. Iktan jedoch sah die Pflanzen als lebendige Wesen. Jeder Strauch, jede Blume hatte ihre eigene Geschichte, ihre eigenen Bedürfnisse. Sie sprach mit den Pflanzen, als wären sie alte Freunde, und das Bewundern, das in ihren Augen schimmerte, war aufrichtig und tief verwurzelt.

Mit der Zeit begann Atoc, diese Liebe zu spüren. Er folgte Iktans Anweisungen, lauschte aufmerksam seinen Erklärungen. Seine Geduld und Empathie schmiedeten eine unerwartete Verbindung zwischen ihnen. Atoc lernte, dass die leuchtenden Farben der Blumen nicht nur dazu dienen, das Auge zu erfreuen, sondern auch die Seele zu berühren. Er lernte, wie der Duft der Lilien Erinnerungen wecken kann und wie die Feinheit der Blätter einem anmutigen Tanz im Wind ähnelt.

In den frühen Morgenstunden, wenn der Tau noch auf den Blättern lag und die Sonne langsam über den Horizont schimmerte, ging Atoc oft allein in den Garten. Er vertraute darauf, dass Iktans Worte ihn leiten würden. Während er sorgsam die Erde um die Wurzeln der Pflanzen lockerte und den schimmernden, braunen, leicht rötlichen Boden wieder sanft umschloss, fühlte er eine Art Zuversicht, die ihm vorher fremd gewesen war. Es war, als ob er langsam die Geheimnisse des Gartens enthüllte, als ob jede zarte Knospe ihm ein weiteres Stück ihrer Weisheit anvertraute.

Die Tage wurden zu Monaten, und Atoc begann, die Pflanzen nicht mehr nur als seine Arbeit, sondern als seine Leidenschaft zu sehen. Er hegte den Wunsch, mit Iktan auf Augenhöhe zu stehen, und jeden kleinen Fortschritt schätzte er, als wäre es ein kostbares Geschenk. Die Verbindung zwischen Mensch und Natur wurde für ihn zu einer Quelle der Inspiration und des Staunens. So wurde sein Stolz leise und unauffällig durch Demut ersetzt, begleitet von einem tiefen Verständnis dafür, dass die wahre Schönheit des Gärtnerns im Respekt vor der Natur liegt.

Eines Tages kündigte sich hoher Besuch an. Der Batab aus Calakmul sollte zu nicht näher bezeichneten Verhandlungen einen Staatsbesuch beim Batab von Uxmal machen. Weil niemand so richtig den Zweck des Besuches nennen konnte, galt es als Freundschaftsbesuch.

Atoc war inzwischen zu einem sehr stattlichen jungen Mann herangewachsen. Kräftig und klug waren die wichtigsten Worte, die andere benutzten, wenn sie ihn zu beschreiben versuchten. Er war auch umsichtig und neugierig und schien ein Ziel zu haben. Sicherlich würde er nicht immer ein Palastgärtner in Uxmal sein.

Bei dem Besuch des Batab gab es viel zu beachten und zu organisieren. Der Herrscher von Uxmal befahl Tupac, für einen perfekten und reibungslosen Ablauf zu sorgen. Immerhin war es der Onkel von Tupac und so war es eine Frage der Familienehre.

An diesem sanften Frühlingstag bereitete sich die Stadt Uxmal auf einen bedeutsamen Staatsbesuch vor. Aus der entlegenen, dichten Dschungelregion von Calakmul kam der Batab, ein hochgeachteter Herrscher, der den Respekt und die Bewunderung seines Volkes genoss. Die Vorfreude und die Nervosität lagen in der Luft, während die Bewohner von Uxmal ihr bestes Angesicht zeigten.

Die Stadt war geschmückt mit bunten Stoffen und Blumen, die aus den umliegenden Gärten gepflückt wurden. Die himmelblaue Pyramide von Uxmal erhob sich majestätisch und bot einen eindrucksvollen Anblick, während der Batab von Uxmal, ein wenig unsicher ob der Bedeutung dieses Besuches, bemüht war, seine Gefühle zu sortieren. Es war nicht nur ein politisches Treffen; es war eine Möglichkeit, Freundschaft zu schließen und die Bande zwischen den beiden Städten zu stärken. Jedoch konnte es auch ein Versuch sein, Uxmal unter den Einfluss von Calakmul zu stellen.

Am Tag des Besuchs umrundete die Sonne die Stadt, während die Abordnungen von Uxmal und Calakmul sich trafen. Die Soldaten, die als Begleitung mitgekommen waren, betraten die Stadt durch das Haupttor. Das Tor war gut bewacht, um zu garantieren, dass nur diejenigen an den Festlichkeiten teilnahmen, die auch wirklich willkommen waren. Gesindel, Diebe oder andere sollten die Zusammenkunft nicht stören.

Der Batab von Calakmul, Yuknoom der Große, ein Mann von stolzer Statur und undurchschaubarem Lächeln, stieg ab von seinem prunkvollen Träger und wurde von den Einwohnern mit offenen Armen empfangen. Man sah in seinen Augen die Ehrfurcht vor der Schönheit von Uxmal.

Während der Feierlichkeiten wurden traditionelle Tänze aufgeführt, die die Geschichten der beiden Reiche erzählten und die Verbindung zwischen den Menschen durch die rhythmischen Klänge der Musikinstrumente verstärkten.

Die verschiedenen Tänzer trugen kunstvolle Gewänder, die mit Symbolen geschmückt waren, die sowohl die Identität Uxmals als auch Calakmuls verkörperten. Es war ein Spiegelbild der tiefen Wurzeln der beiden Kulturen, die in diesem Moment verschmolzen. Die Atmosphäre war von einem Gefühl der Gemeinschaft durchzogen, während beide Herrscher an einem großen Tisch Platz nahmen. Man teilte Speisen, die aus den Früchten der Regionen zubereitet waren, und jede Speise erzählte eine Geschichte von den Gaben der Erde, die beiderseits gewachsen waren. Diese besondere Mahlzeit war mehr als nur eine kulinarische Erfahrung; sie war ein Symbol für das Einvernehmen und das Harmoniegefühl, das zwischen den Reichen gefördert werden sollte.

Tupac hatte alles bedacht, um das Zusammentreffen zu einem schönen und nachhaltigen Erlebnis für die beiden Bantabs und deren Begleiter, ebenso wie das Volk von Uxmal werden zu lassen. Tupac hatte sein schönstes Ornat angelegt und er war eine glänzende Erscheinung, ebenso wie seine Schwester Cusi. Als Atoc sie so strahlend sah, wurden ihm die Knie weich und er erinnerte sich sehnsüchtig an die ersten Tage in Uxmal. Sie hatten sich dann ein wenig aus den Augen verloren. Atoc war beinahe immer in seiner Gartenarbeit eingespannt und später so sehr von ihr fasziniert gewesen. Da blieb keine Zeit für eine Zweisamkeit. Die letzten Wochen hatten sie sich kaum mehr sprechen können. Die Vorbereitung dieses Besuchs beanspruchte sie zu sehr. Jetzt war von allen die Anspannung abgefallen und Atoc, Tupac und Cusi trafen sich am Rande des großen Trubels, um entspannt einen großen Becher Pozol zu trinken. Es war ein erfrischendes Getränk, aus Maismehl, Wasser, Kakao, wahlweise mit Chili oder Vanille verfeinert.

Alle Menschen vergnügten sich an den Festlichkeiten, als sich auf merkwürdige Weise Unruhe bemerkbar machte. Eigentlich hatte sich keinerlei Ungemach angekündigt. Umso mehr überraschte es Tupac, als mehrere Männer mit gezogenen Waffen den Hauptplatz betraten und noch ehe jemand richtig verstanden hatte, was sich andeutete, auf den Batab von Uxmal zurannten. Unter ihnen war ein riesiger Kämpfer, dessen Größe bereits zum Beginn der Zeremonien alle beeindruckt hatte. Es gab einen Tumult, weil die Leibwache natürlich einen allzu aufdringlichen Besucher vom Herrscher abhalten sollte. Sie stellten sofort fest, dass es sich nicht nur um eine Belästigung oder einen Versuch eines bisher verschmähten Bittstellers handelte. Die Leibwache schrie den Mann an, der sich nun mit seiner Waffe Zugang zu Monaq erzwingen wollte. Er ließ sich nicht aufhalten. Er brüllte noch:

„Tod dem Batab von Uxmal", und hatte jetzt die Aufmerksamkeit aller Herumstehenden.

Auch Tupac erkannte jetzt, dass etwas nicht stimmte, stürmte zu seinem Onkel, rief einigen Soldaten kurze Befehle zu und befand sich sofort mitten in einem unübersichtlichen Kampfgetümmel. Spätestens jetzt war es klar. Yuknoom wollte Monaq überrumpeln, ihn ermorden lassen und die Macht in Uxmal übernehmen.

Tupac stürzte auf den Meuchelmörder zu und erreichte ihn gerade in dem Moment, als jener sich durch die Leibwache gekämpft hatte. Er holte zu einem Schlag aus, um seine Tat zu vollenden, Tupac jedoch erwischte ihn mit einem Schwerthieb und verletzte ihn schmerzhaft am Rücken. Er warf sich herum und erst jetzt erkannte Tupac, mit welcher hünenhaften Gestalt er es zu tun bekommen sollte. Es war kein Wunder, dass niemand der herumstehenden Soldaten ihn zurückhalten konnte. Er hatte schon fünf oder sechs Soldaten niedergestreckt, als Tupac ihn aufhalten konnte.

Tupac, obwohl kleiner und leichter, vermied durch seine Wendigkeit die schweren, kräftigen Schläge des Angreifers. Jeder Atemzug, den er nahm, war wie das Anziehen eines Bogens, voller Spannung und Kraft. In seinem Herzen brannte das Feuer des Mutes, getrieben von der Notwendigkeit, sein Volk und seinen Herrscher zu beschützen.

Der Meuchelmörder, ein Turm von einem Mann, überzogen mit Narben von vielen vergangenen Auseinandersetzungen, war nicht gewöhnt daran, so herausgefordert zu werden. Sein Gesicht, verzerrt vor Wut und Schmerz, zeigte jedoch auch einen Hauch von Respekt, als er erkannte, dass Tupac kein gewöhnlicher Gegner war. Mit einem Brüllen, das die Mauern zu zittern brachten, hob er sein massives Schwert für einen entscheidenden Schlag.

Doch Tupac, geleitet von einem instinktiven Wissen, wich geschickt zur Seite und ließ die Klinge nur Zentimeter neben sich auf den steinernen Boden schlagen. Schnell wie der Blitz, nutzte er die Gelegenheit, sein eigenes Schwert in einem halbrunden Bogen hochzuführen, zielte auf die ungeschützte Seite des Riesen.

Ein Schrei des Schmerzes und der Überraschung entwich dem Meuchelmörder, als der Stahl Tupacs seine Rüstung durchdrang, schmerzhaft, jedoch nicht tödlich. Doch statt sich zurückzuziehen, nutzte er seine schwindende Kraft zu einem letzten, verzweifelten Zug. Sein Arm flog vor, seine Hand fast schon an Tupacs Kehle ...

Da erschien Atoc neben ihm. Er hatte sich durch die Schar von fremden Soldaten zu Monaq hindurchgekämpft. Er sah, wie Tupac in ernste Bedrängnis kam. Er stürmte wie ein Besessener nach vorn und rammte dem überraschten und siegesgewissen Riesen sein Schwert in die Seite.

Der Riese bäumte sich auf, sah Atoc entsetzt, sogar fragend an und brach zusammen.

Mittlerweile war aus dem anfänglich noch übersichtlichen Angriff ein großes Schlachtgetümmel entstanden. Die Soldaten konnten sich in der Enge des Platzes inmitten unbeteiligter Stadtbewohner nicht formieren und gerieten in große Bedrängnis. Viele von ihnen wurden durch die Soldaten von Yuknoom niedergestochen, noch ehe sie ihre eigenen Waffen überhaupt erheben konnten. Nach kurzem Kampf war alles vorbei. Yuknooms Männer hatten den Kampf mitten in Uxmal für sich entschieden. Die Soldaten des Batab von Uxmal wurden entwaffnet und standen eingekreist in der Mitte des Platzes. Unter ihnen viele Verwundete.

Yuknoom zückte sein Schwert, ging auf Monaq zu, sah ihm fest in die Augen und schlug ihm mit einem gezielten Schlag den Kopf von den Schultern.

Jean

In dem kleinen Fischerdorf an der normalerweise windge-
peitschten Küste der Gascogne erwacht der Tag mit sanften
Farben. Die Morgensonne malt Strahlen aus goldener Tinte
ins azurblaue Meer, während sich das Dorf langsam aus
dem Schlaf hebt. Unter ihnen ist Jean, ein sechzehnjähriger
Junge, dessen Herz so weit und tief ist wie der Ozean selbst,
mit der Statur eines Fischersohnes – drahtig, sonnenge-
bräunt, zäh wie die Netze, die er flicken half. Sein Haar war
dunkel wie nasses Treibholz, zerzaust vom Wind, und seine
Augen hatten die Farbe des Meeres an einem klaren Morgen
– tief, ruhig, aber voller Fernweh. Seine Haut war vom Salz
und der Sonne gegerbt, die Hände rau von der Arbeit mit
Seilen und Holz. Er trug einfache, abgetragene Kleidung, oft
geflickt, doch immer praktisch – ein weites Leinenhemd,
das der Brise wenig Widerstand bot, eine Hose aus grobem
Stoff, die an den Knien abgewetzt war. Barfuß lief er über
den Sand, kannte jeden Stein, jede Muschel am Ufer. Wenn
er lachte, tat er es mit ganzem Herzen, und wenn er träumte,
dann davon, was wohl hinter dem Horizont liegen könnte.
 Schon vor Tagesanbruch, begleitet von der kühlen Brise, die
das Salz des Meeres trägt, verlässt Jean das bescheidene
Zuhause seiner Familie. Seine Füße kennen den Weg zum
Strand auswendig. Hier, bei den ersten Anzeichen der Mor-
genröte, lässt er seinen Träumen freien Lauf. Seine Augen
beobachten den unendlichen Horizont, und in seinem Kopf
malt er Bilder von fernen Ländern und Abenteuern, die

vielleicht sogar jenseits des gewaltigen Ozeans auf ihn warten. Doch Träume müssen Geduld haben. Die Pflicht ruft. Jean gesellt sich zu seinem Vater und den anderen Männern des Dorfes, die das kleine Fischerboot flottmachen. Sie prüfen die Netze, besorgen Köder und gleiten dann mit den Booten über das kühlende Nass. Während des Fischfangs lehrt der Vater ihm die Kunst des Fischens. Er spricht von Geduld und Respekt vor dem Meer, erzählt Geschichten von Elmsfeuer und den Geistern des Meeres, die in stürmischen Nächten erscheinen.

Nach Stunden auf offener See kehren sie zurück, die Boote schwer beladen mit dem Fang des Tages. Jean hilft, die Fische zu sortieren – einige zum Verkauf, andere zum Trocknen. Dann gibt es Zeit für ein kurzes Mittagessen und Geschichten mit seinen Freunden. Sie teilen ihre Träume und Wünsche, während sie ihre müden Füße im kühlen Sand vergraben. Seine Mutter lächelt oft über große Träume, manchmal ermutigend, manchmal tadelnd, manchmal ängstlich.

Da es für Jungen wie Jean nach wenigen Jahren Lesen, Schreiben und Rechnen nun keine Schule mehr gibt, ist jeder Nachmittag eine Chance mehr und anderes zu lernen. Sein Vater zeigt ihm, wie man Boote repariert und das Holz gegen das raue, salzige Klima schützt. Jean findet auch Zeit, am Strand nach Treibholz und anderen Geheimnissen, die das Meer ans Ufer spült, zu suchen. Jeder Fund ein Schatz, jede Entdeckung ein Wunder.

Wenn die Sonne sich dem Meeresspiegel neigt und die Dämmerung das Dorf in sanfte Farben taucht, kommen alle zusammen. Sie teilen ihr Abendessen, erzählen Geschichten und lachen. Die Alten, mit Linien im Gesicht, die Geschichten von Stürmen und Sonnenschein erzählen, weben Sagen von fernen Ländern und Meeren, die noch kein Seemann bereist hat. In diesen Momenten, während Jean den Geschichten lauscht, fühlt er sich nicht mehr ganz so gebunden an das kleine, kaum dreißig Seelen zählende Dorf. Jedes Wort, jede erzählte Reise weitet seine Welt ein wenig mehr und facht das Feuer seiner Träume an. Aufgeregt und ermutigt vom Glauben seiner Gemeinschaft, nimmt sich Jean vor, eines Tages selbst das Ruder in die Hand zu nehmen und über den Horizont zu segeln.

Denn obwohl Jean noch jung ist, trägt er eine unermessliche Tiefe in sich. Mit jedem Tag, der am Atlantik verstreicht, wächst in ihm der unerschütterliche Wunsch, die Welt jenseits des Wassers zu erkunden. Sein Leben, obgleich durchwoben mit der Einfachheit des Dorflebens, ist ein lebendiges Porträt von Hoffnung und Entdeckergeist. Jean mag ein Fischerjunge sein, aber in seiner Brust schlägt das Herz eines Entdeckers, bereit, die Ketten des Bekannten zu sprengen und in die Welt der unbegrenzten Möglichkeiten einzutauchen. So endet ein weiterer Tag im Leben von Jean, und während er einschläft, ist sein letzter Gedanke ein Bild voller Sterne und das sanfte Wiegen eines Schiffes, das sich mutig in eine ungewisse Zukunft stürzt.

Frankreich im Jahr 1202. Ein Land aus Stein und Schweiß. Ein König regierte es, Philippe Auguste, ein Mann, der Burgen einnahm und Straßen pflastern ließ. Er machte Paris groß, baute Mauern um die Stadt, sorgte dafür, dass

Frankreich stark blieb. Der König war ein erbitterter Gegner von Richard Löwenherz und hat mit ihm einige Kämpfe ausgefochten. Vor einigen Jahren hatte Philip sich von seiner Frau Ingeborg aus Dänemark drei Monate nach der Hochzeit im November 1193 scheiden lassen wollen. Sie willigte in die Scheidung nicht ein, trotzdem heiratete er einige Jahre später am 1. Juni 1196 Agnes-Maria von Andechs-Meranien. Ein Bigamist also. Im September 1200 musste er sich deshalb von Agnes-Maria trennen und sich wieder zu Ingeborg bekennen. Ingeborg verteidigte ihre Rolle als Königin von Frankreich mit Zähnen und Klauen. Liebe, Drama, Wahnsinn am Pariser Hof des Königs.

Doch im Westen, an der Küste, war Paris, ebenso wie überhaupt ein bewohnter Ort, weit weg. Dort zählten andere Dinge. Wind, Wellen, der Hunger nach Brot und Fisch und nicht nach Krieg und politischen Ränkespielen. Von der Politik des Königs verstanden sie nichts, lediglich, dass der König sich die Männer holte, wenn er sie zum Krieg führen benötigte.

Die Männer fischen. Sie bauten Boote, flickten Netze. Manche wagten sich weit hinaus, hin zu den großen Schwärmen, kämpften gegen das Meer, das manches Mal mehr nahm, als gab. Andere blieben am Land, schnitzten Holz, gerbten Leder, reparierten Segel, verkauften den Fang. Die Frauen trockneten Fisch, nähten Netze, sammelten Kräuter gegen das Fieber. Kinder liefen barfuß über den Strand, lernten das Leben, wie es kam – hart und ohne Umwege.

Die Händler kamen mit Karren voller Salz, Töpfe voller Öl, manchmal mit fremden Münzen aus England oder Spanien.

Sie brachten Geschichten von Kriegen, von fernen Ländern, von Inseln, die vielleicht nur in Träumen existierten. Die Mönche in ihren Klöstern schrieben alles auf, bewahrten Worte für Zeiten, die sich niemand vorstellen konnte. Doch hier an der Küste war das Leben einfach. Du fischtest, oder du starbst.

Ritter reiten durch das Land, fechten ihre Kämpfe, schworen Eide, verloren ihr Leben für Herren, die sie kaum kannten. Doch an der Küste zählte das wenig. Hier sprach das Meer. Wer es nicht verstand, wurde geholt, hinabgezogen in die kalte, tiefe Stille.

Die Menschen beteten. Zu Gott, zu den Heiligen, manchmal zum Meer selbst. Sie hofften auf milde Winter, auf ruhige Winde, auf ein langes Leben. Manchmal wurden ihre Gebete erhört, manchmal nicht. Das bekräftigte in Ihnen einen Glauben an einen Gott, der sie bestrafte oder belohnte. Für beides ließen sich an jedem Sonntag Beispiele finden. Sie knieten in kleinen Kapellen, murmelten in dunklen Kirchenbänken, zeichneten Kreuze auf ihre Boote, bevor sie hinausfuhren. Sie opferten den ersten Fang des Tages, warfen Brot ins Wasser, als ob das Meer gnädig sein könnte. Sie flüsterten, wenn der Sturm aufzog, und schwiegen, wenn ein Boot nicht zurückkehrte.

Doch das Leben ging weiter. Es kannte keine Gnade, kein Innehalten, keine Verschnaufpause. Jeder Tag brachte neue Netze, neue Stürme, neue Hoffnungen. Und hinter dem Horizont wartete eine Welt, die Jean bisher nicht kannte. Eine Welt, die ihn rief. Das Rauschen der Wellen klang wie eine Einladung, der Wind trug fremde Düfte, und in seinen

Träumen segelte er hinaus, fort von der Enge des Dorfes, fort von den gleichen Gesichtern, den gleichen Geschichten. Dort draußen, irgendwo hinter dem endlosen Blau, musste mehr sein als Salz, Holz und Fisch. Mehr als Gebete, die vielleicht nie erhört wurden. Eine neue Küste. Ein neues Leben. Vielleicht sogar ein Wunder.

Eines Tages, als die Sonne tief am Himmel stand und der Wind nach Salz und Abenteuer roch, beschlossen Jean und seine Freunde, das alte Schiffswrack zu erkunden, das vor Wochen an die Klippen gespült worden war. Die Erwachsenen hatten sie gewarnt. Zu gefährlich, zu instabil. Doch das hielt sie nicht auf.

Mit flinken Füßen und klopfenden Herzen kletterten sie über die rutschigen Felsen, bis sie das dunkle, zerborstene Holz erreichten. Das Wrack war alt, vielleicht ein Handelsschiff, vielleicht ein Piratenschiff. Die Segel waren zerfetzt, der Rumpf gespalten. Doch etwas darin zog sie an – das Versprechen eines Geheimnisses.

Jean war der Erste, der sich ins Innere wagte. Der Holz Duft war von Salz und Verfall überlagert, Wasser stand in den Spalten des Bodens. Das Holz, aus welchem das Schiff gefertigt war, kam ihm gänzlich unbekannt vor, die Maserung, die Farbe, ein seltsamer Aufbau. Aber Jean dachte nicht länger darüber nach. Sie suchten schließlich nach Schätzen, nach Dingen aus einer anderen Welt. Und dann fanden sie es – eine Kiste, halb im Sand versunken, mit fremden Zeichen darauf.

Mit vereinten Kräften zerrten die Jungen sie heraus, doch ein Knirschen ließ sie innehalten. Das Wrack ächzte, als wollte es die Kiste behalten oder die Freunde vor etwas warnen. Plötzlich brach ein Teil des Decks ein, und Justage rutschte ab. Jean packte seine Hand im letzten Moment, zog ihn mit aller Kraft zurück. Der Schreck saß tief, doch die Kiste ließen sie nicht zurück.

Als sie es schließlich ans sichere Ufer schafften, öffneten sie den Fund mit zitternden Händen. Kein Gold, keine Juwelen – aber darin lagen seltsame Pergamente oder Papier, mit kaum erkennbaren Zeichen, die keiner von ihnen kannte. Es war kein gewöhnlicher Schatz, aber ein Geheimnis. Und vielleicht, nur vielleicht, war es ein Zeichen, dass Jean eines Tages wirklich hinausfahren würde, um zu entdecken, was hinter dem Horizont lag.

Auf dem Weg nach Hause sprachen Jean und seine Freunde Henri und Justage aufgeregt über das, was sie gerade erlebt hatten.

„Das war verrückt!", rief Henri und strich sich das nasse Haar aus der Stirn.

„Wir hätten alle ins Meer stürzen können."

„Aber wir haben es geschafft!", erwiderte Justage mit funkelnden Augen. „Und diese Zeichen auf dem Pergament – sie müssen eine Bedeutung haben. Vielleicht ist es eine Karte!"

Jean hielt die Kiste fest in den Händen.

„Ich weiß nicht, was es ist, aber es ist etwas Besonderes. Vielleicht bringt es uns eines Tages dorthin, wohin ich immer wollte."

Sie liefen schneller als sonst, voller Aufregung.

„Das war das Beste, was wir je gefunden haben. Stellt euch vor, wenn wir herausfinden, was auf diesen Pergamenten steht!" Seine Stimme bebte vor Aufregung.

Justage schnaubte und versuchte, seine Hände zu wärmen.

„Vielleicht sind es nur alte Aufzeichnungen, Zahlen oder Gebete. Aber vielleicht … vielleicht ist es eine Karte!"

Jean schwieg einen Moment. Die Kiste, die Zeichen, das Gefühl, das sie beschlichen hatte, als das Wrack unter ihnen geknarrt hatte, es war mehr als bloßer Zufall.

„Wir müssen jemanden finden, der sie lesen kann", sagte er schließlich. „Einen Mönch vielleicht. Oder einen Händler aus dem Süden."

Henri lachte und stieß Jean spielerisch an die Schulter.

„Du denkst immer weiter als wir. Erst wollen wir es öffnen, jetzt willst du schon halb durch Frankreich reisen, um es zu entschlüsseln."

Jean grinste.

„Wenn es wirklich eine Karte ist, dann müssen wir wissen, wohin sie führt."

Justage nickte nachdenklich.

„Mein Onkel hat einmal von einem Mann gesprochen, der in Bordeaux lebt. Er soll Dinge kennen, die niemand sonst kennt. Vielleicht … vielleicht kann er uns helfen."

„Bordeaux ist weit", Jean schüttelte den Kopf.

Der Gedanke ließ die Jungen nicht mehr los. Während sie weiterliefen, war ihr Fund längst nicht mehr nur ein paar alte Pergamente – er war der Anfang eines neuen Abenteuers.

Die drei Jungen stapften durch den Sand, ihre Gedanken voller Abenteuer und neuer Möglichkeiten. Der Wind raunte ihnen Geschichten zu, das Meer flüsterte von Geheimnissen. Und über ihnen begann der Himmel, sich in den Farben der Dämmerung zu färben – als wäre er selbst gespannt darauf, wohin Jeans Träume ihn eines Tages führen würden.

„Eine komische Form hatte das Schiff", murmelte Jean noch. „So etwas habe ich noch nie gesehen."

Gefangenschaft

Cusi kümmerte sich um die Verletzten. Es waren einige darunter, für die sie nur zu Ah Puch oder Yum Cimil, einem der beiden Todesgötter beten konnte, sie gnädig zu empfangen. Jedoch manchen arg geschundenen Körpern konnte sie wieder auf die Beine helfen. Sie setzte bei den Offizieren von Yuknoom durch, dass die Soldaten erst dann eingekerkert werden sollten, wenn sie sich ihre Verwundungen ansehen und sie, wenn möglich, versorgen konnte. Sie schickte unter strengem Regiment die Soldaten los, um Kräuter zu sammeln oder Material zur Wundheilung zu besorgen. Die Soldaten folgten ihren Anweisungen. Cusi war als eine heilkundige Frau hoch angesehen. Wahrscheinlich auch deswegen, weil jeder Einzelne nicht wusste, wann und ob er jemals selbst Hilfe benötigen würde. Cusi versprach, sich dafür auch um jeden Soldaten zu kümmern, egal aus welchem Lager. Das kam bei den Eroberern von Uxmal gut an und sicherte Cusi eine gewisse Bewegungsfreiheit. Atoc und Tupac waren wie durch ein Wunder unverletzt und konnten sich gemeinsam mit Cusi um die Verletzten kümmern und die Toten beerdigen.

Als sie im Wesentlichen mit ihrer Arbeit fertig waren, erhielten sie jedoch keine bevorzugte Behandlung mehr und fanden sich am nächsten Morgen gemeinsam mit allen verbliebenen Soldaten von Uxmal im Kerker wieder.

So viele Gefangene ließen sich nicht ausreichend versorgen und so gingen beinahe alle am dritten Tag nach der Eroberung in einem langen Zug in die Sklaverei nach Calakmul.

Im goldgeladenen Schatten der mächtigen Pyramiden von Calakmul, quälte die sengende Sonne die Haut der marschierenden Gefangenen wie feurige Pfeile. Cusi bot den erschöpften und verwundeten Seelen um sie herum Trost, so gut sie konnte. Die Wachen, steif wie die Bäume des umliegenden Dschungels, duldeten keine Verzögerungen und trieben die Gruppe mit der scharfen Zunge ihrer Peitschen und Speere erbarmungslos vorwärts.

Cusi half den Gefangenen, so gut sie konnte. Ihre Hände waren wund von der Arbeit, ihre Gedanken schwer vom Leid, das sie sah. Die Wachen trieben sie gnadenlos an, ließen keine Pause zu. Die Sonne hing heiß und erbarmungslos über ihnen, sengte sich in ihre Haut, brannte in ihren Augen. Wer fiel, wurde zurückgelassen, sein stummer Schrei verhallte ungehört in der Weite des Dschungels. Die Soldaten kannten kein Mitleid, nur den Befehl, ihre lebende Fracht weiterzutreiben.

Atoc lief neben ihr. Sein Gesicht war wie aus Stein gemeißelt, doch seine Augen brannten vor Zorn. Jeder Schritt schien ihn Überwindung zu kosten, nicht die Faust zu erheben, nicht gegen die Unterdrücker anzustürmen. Doch er wusste, Widerstand bedeutete den Tod. Tupac marschierte an ihrer anderen Seite, den Blick gesenkt, doch seine Schultern verrieten eine stille Entschlossenheit.

„Wir finden eine Gelegenheit", flüsterte er, so leise, dass nur Cusi es hören konnte. „Das ist nicht das Ende."

Die Tage verschwammen ineinander. Der Marsch war endlos, zermürbend. Wasser war eine Seltenheit, Essen noch knapper. Jeder Schritt war eine Qual. Manche verloren den Kampf gegen die Erschöpfung, stolperten, blieben liegen – wurden zurückgelassen. Andere schleppten sich weiter, getrieben von der vagen Hoffnung, dass es irgendwo, eines Tages, eine Chance geben könnte.

Dann, nach Tagen voller Qual, tauchte Calakmul am Horizont auf. Die Mauern ragten hoch auf, als wären sie von den Göttern selbst errichtet. Die Pyramiden stachen wie gewaltige Schatten in den blauen Himmel, uralt und unbeweglich. Männer standen dort, wartend. Käufer. Händler. Besitzer. Ihre Blicke glitten über die Gefangenen, bewerteten sie mit kalter Berechnung, als wären sie nichts weiter als Ware.

Ein Offizier trat vor. Seine Rüstung glänzte im Sonnenlicht, sein Blick war kühl und unnachgiebig. Als er sprach, war seine Stimme ruhig, doch seine Worte fielen schwer wie Steine:

„Ihr gehört nun Calakmul. Eure Zukunft ist nicht mehr eure eigene."

Am Rande der dichten, üppigen Wälder erstreckt sich entlang der Küstenlinie ein großer Schiffsbauplatz. Sie nannten es „das Uxmal -Lager von Calakmul".

Unter den flinken Händen vieler Arbeiter war zu erkennen, dass hier die Konstruktion eines majestätischen Schiffes entstand, das wohl zur Erforschung als auch zum Handel genutzt werden sollte.

Offensichtlich wollte Yuknoom, der Batab von Calakmul hoch hinaus. Dieses Schiff hatte größere Maße als ein einfaches Küstenschiff. Schon auf den ersten Blick war zu erkennen, dass es über fünfundzwanzig Schritte in der Länge maß. Es würde bestimmt zwanzig Seefahrer oder Soldaten fassen können.

Hätte Atoc es nicht am eigenen Leib erfahren, wie er ein Gefangener eines Eroberungszuges geworden war, hätte er es für eine Herausforderung an seine Neugier empfunden, auf Entdeckungsfahrt zu gehen. So aber sah er hier lediglich die Vorbereitung für weitere Eroberungen unschuldiger Nachbarn an den Küsten von Yucatán.

Der Schiffbau ist eine Kunst für sich, die enorme Geduld, Präzision und Hingabe erfordert.

Pixan, ein offensichtlich erfahrener Zimmermann, führt die jüngeren Arbeiter an, die das Holz für den Schiffskörper sorgfältig auswählen und zurechtschneiden. Er beobachtete, dass jedes Stück perfekt eingepasst wurde, um die Stabilität des Schiffs zu gewährleisten.

Der Zimmermann war ein Mann mit rauen Händen und stillen Augen. Er zeigte ihnen, wie man das Holz für den Schiffskörper auswählt, wie man es schneidet, damit es passt. Er sprach nicht viel. Er wusste, dass Worte nicht halfen, wenn es um Holz und Wasser ging. Nur die Hände wussten, wie man ein Schiff baute.

Die Atmosphäre am Bauplatz war trotz der bedrückenden Atmosphäre von Unfreiheit erfüllt von einer Mischung aus harter Arbeit und Kameradschaft. Obwohl die Arbeit schwer und die Bedingungen oft herausfordernd waren, herrschte unter den Arbeitern ein gewisses Gefühl des Stolzes und der Gemeinschaft.

Der Bauplatz war voller Geräusche. Holz wurde gesägt, Hämmer trieben Holznägel tief in den Werkstoff. Männer arbeiteten, weil sie mussten. Aber auch, weil sie wussten, dass ein gutes Schiff sie nicht verraten würde. Manche dachten daran, eines Tages selbst eines zu steuern. Aber sie sagten es nicht laut.

Der Schiffskörper nahm Form an. Planke für Planke. Mahagoni, stark und widerstandsfähig gegen das Meer. Ein älterer Zimmermann zeigte den jungen Männern, wie man das Holz biegt, wie man es fügt, damit kein Tropfen Wasser eindringt. Er überwachte den Kiel, prüfte sein Gewicht, sein Gleichgewicht. Das Schiff musste stabil sein. Es musste dem Wind und den Wellen trotzen.

Wie das Schiff aussehen würde, konnte Atoc bereits erkennen. Es lag schon am Ufer. Fast fertig. Festgebunden. Atoc sah es. Er wusste, dass auch dieses Schiff bald auf dem Wasser sein würde. Und dass Männer es steuerten, die keine Wahl hatten.

„Hier werdet ihr arbeiten", brüllte der Offizier ihnen zu.

Sie bekamen einen Schuppen. Kein Heim, nur ein Ort zum Schlafen. Ein einfacher Bau aus Holz, von müden Händen errichtet. Die Bohlen hielten den Wind ab, das Stroh auf dem Dach das schlimmste Wetter. Drinnen standen Bänke, alt und schief. Ein Tisch, roh gezimmert, für die wenigen Mahlzeiten. Ein Fenster, kaum mehr als ein Loch. Gerade genug, um ein wenig Licht hereinzulassen. Gerade genug, um den Himmel zu sehen.

Am nächsten Tag begann die Routine, die sie eine lange Zeit erfahren mussten. Sie wurden in Bautrupps zu je fünf Männern eingeteilt. Atoc und Tupac hatten Glück und kamen in die gleiche Gruppe. Sie wussten nicht viel vom Schiffbau und bekamen einiges an Schlägen und Ohrfeigen. Diese Tortur war wohl dafür gedacht, das Lernen zu beschleunigen.

Der erste Tag war schlimm. Der zweite war nicht besser. Die Tage wurden zu Wochen. Die Sonne brannte auf ihren Schultern, der Staub lag in ihren Kehlen. Ihre Hände wurden rau von der Arbeit. Sie lernten, das Holz zu fühlen, seinen Willen zu erkennen. Sie sahen, wie das Schiff wuchs. Sie wussten, dass sie es nie selbst segeln würden.

Manchmal, in der Nacht, sprachen sie leise. „Eines Tages werden wir nicht mehr hier sein", sagte Tupac. Atoc sagte nichts. Aber er glaubte es.

„Lass uns ein Schiff kapern und damit fliehen", flüsterte Tupac eines Nachts. Sein Blick war fest, seine Stimme kaum hörbar im Dunkeln.

Atoc sah ihn ungläubig, entsetzt und gleichzeitig hoffnungsvoll an.

„Wie?"

„Wir arbeiten an den Schiffen. Wir wissen, wie sie gebaut sind. Wir wissen, wie sie segeln sollen. Und wir sind nicht die Einzigen, die fliehen wollen."

Atoc schwieg lange. Draußen blies der Wind über das Lager. „Es ist Wahnsinn. Wenn sie uns erwischen ..."

„Dann sterben wir. Aber wenn wir bleiben, sterben wir auch. Langsamer."

Atoc wusste, dass Tupac recht hatte. Also nickte er. „Wir benötigen einen Plan. Wir brauchen Männer, die mitmachen. Wir brauchen Waffen."

Tupac grinste. „Wir haben unsere Hände. Wir haben unsere Verzweiflung. Und bald haben wir ein Schiff."

Trotz der Herausforderungen und Rückschläge, die unvermeidlich sind, lassen Atoc und Tupac den Kopf nicht hängen. Ihre Entschlossenheit und ihr kreativer Geist ermöglichen es ihnen, Probleme zu lösen und den Bau voranzutreiben. Sie unterrichten und inspirieren andere, indem sie nicht nur ihre Fachkenntnisse weitergeben, sondern auch eine Vision von dem, was möglich ist, wenn man zusammenarbeitet. Es entstand langsam eine Gemeinschaft von fünfzehn Verschworenen, die nun gemeinsam an einem Fluchtplan arbeiteten.

Atoc ging zur Essensausgabe, wie jeden Morgen. Der Himmel war weit und blau, die Luft noch kühl vom nächtlichen Wind, aber die Sonne versprach einen heißen Tag. Er nahm einen Holzeimer und reihte sich in die Schlange ein. Männer warteten schweigend. Manche rieben sich den Schlaf aus den Augen, andere standen einfach nur da, reglos, als würden sie ihre Kräfte für den Tag sparen.

Der Maisbrei dampfte in den groben Tongefäßen. Das Übliche. Ein paar Früchte lagen daneben, reif, süßlich duftend. Er nahm, was er bekommen konnte, nickte dem Mann hinter der Ausgabe kaum merklich zu und drehte sich um.

Beim Rückweg sah er sie. Zwei Männer, vor dem Tor, umringt von Wachen. Man stieß sie vorwärts, grob, ohne ein Wort zu verschwenden. Die Gefangenen stolperten, aber sie wehrten sich nicht. Kein unnötiges Aufsehen. Kein Widerstand. Die Gesichter waren staubbedeckt, die Haare zerzaust. Die Kleidung hing in Fetzen, aber darunter waren Körper, die sich trotz der Erschöpfung nicht völlig aufgaben. Sie hatten Haltung. Kurz trafen sich ihre Blicke. Er versuchte, sich zu erinnern.

Atoc hielt kurz inne. Fremde. Oder doch nicht? Er kannte nicht alle im Lager, konnte nicht jeden kennen. Aber etwas ließ ihn nicht los. Etwas an ihnen war vertraut.

Er nahm den Holzeimer und ging weiter. Mit jedem Schritt grub sein Verstand tiefer. Ein Bild, eine Erinnerung. Und dann wusste er es. Er war fast wieder bei den Hütten, als es ihm einfiel. Die Erinnerung kam plötzlich, als hätte ihn jemand gestoßen.

„Xul und Balam", murmelte er.

Seine Finger umklammerten den Eimer fester.

Er wusste nicht, warum sie hier im Lager von Uxmal waren. Wahrscheinlich hatten sie die beiden bei etwas erwischt und Atoc wusste, dass das alles verändern konnte.

„Wie konnte das geschehen? Du weißt, dass wir keines der Schiffe entbehren können. Es dauert lange, sie herzustellen, und wir haben nur wenig Erfahrung."

General Lanculo machte sich klein, ja devot sah er aus. Diese Haltung ersparte ihm weiteren Unmut vom Batab. Yuknoom „der Große" war ein schnell zu durchschauender Herrscher. Mächtig zwar, cholerisch, jedoch im Geiste stellenweise einfach strukturiert. Diese Erkenntnis hatte Lanculo bald in seine Umgangsformen mit ihm eingebaut.

Der General hatte eine schnelle Auffassungsgabe und einen analytischen Verstand. So versuchte er auch aus dieser Situation das Beste zu machen und die Tatsachen umzudrehen und für sich zu nutzen.

Vor zwei Tagen hatte es auf dem Schiffsbaugelände zwei Tagesreisen westlich von Calakmul, vier Tagesreisen von dem Uxmal-Lager von Calakmul entfernt, einen Sklavenausbruch mit Flucht auf einem Schiff gegeben. Über Nacht hatten sich acht Sklaven des ersten fertigen Schiffes bemächtigt, welches Yuknoom für seine Eroberungspläne hatte bauen lassen. Am frühen Morgen war es schon außer Sicht und wahrscheinlich in das offene Wasser des hinter den Inseln liegenden unbekannten riesigen Meeres verschwunden. Wie die Männer das Schiff so waghalsig steuern konnten, war bisher unbekannt. Jedenfalls war es spurlos verschwunden. Es deutete einiges darauf hin, dass sie sich auf eine längere Reise vorbereitet hatten, denn es fehlten

Vorräte aus der Küche des Lagers, Lebensmittel und einige Fässer, vermutlich mit Wasser. Und man fand den Koch des Lagers … mit durchschnittener Kehle.

„Ehrwürdiger Batab", begann Lanculo mit leiser, jedoch fester Stimme, „wir wissen nicht, wohin die nichtsnutzigen Sklaven entkommen wollen." Er wählte die Worte „nichtsnutzig und entkommen" statt „arm und fliehen" mit bedacht, obwohl er bei seinen Besuchen im Lager durchaus mitbekam, was die Sklaven innerlich bewegte und wie sie litten. Dennoch fürchtete er um sein eigenes Wohl, wenn er zu viel Verständnis zeigte.

„Das Schiff ist wahrscheinlich gesunken. Es ist erst am Vortag fertig geworden und war bislang nicht vollständig verquollen."

Als er den fragenden Blick seines Herrschers sah, ergänzte er:

„Die Schiffe müssen erst einige Tage quellen, damit sie kein Wasser ziehen, sonst versinken sie."

Lanculo wusste, dass das so nicht stimmte, jedoch sollte ihn der damit eingeschlagene Weg retten.

„Die Schiffe müssen sich zunächst einige Tage im Wasser in die richtige Form ziehen und einige Experimente über sich ergehen lassen. Offensichtlich ist das Schiff, so wie es war, nicht seetüchtig genug und deshalb spurlos verschwunden. Einige andere Kleinigkeiten müssen auch noch angepasst werden."

Lanculo wartete und beobachtete Yuknoom. Die Erklärung seines Generals schien ihm einzuleuchten.

„Untergegangen", sagte er zu sich. „Dann sorge dafür, dass es nie wieder geschieht", zischte er drohend hinterher.

„Es sind aus zwei Baugruppen acht Sklaven geflohen. Zwei Sklaven sind zurückgeblieben. Ich habe befohlen, sie in ein anderes Lager zu schicken, damit sie keine Unruhe in unseres bringen."

Yuknoom drehte sich um, nickte leicht und bedeutete mit einer wedelnden Handbewegung, dass Lanculo sich zurückziehen durfte.

Balam und sein Kumpan Xul machten sich also mit auf dem Rücken gefesselten Händen und einem Bewaffneten auf den zwei Tage dauernden Weg nach Uxmal in das Schiffsbaulager und der Erste, auf den sie trafen, war der Beschützer von Cusi, der sie so deftig verdroschen hatte.

In den nächsten Tagen lief alles so, wie auch bereits in den vergangenen Tagen, Wochen und Monaten. Die Arbeit war anstrengend, kräftezehrend und auch gefährlich. Die meisten Unfälle geschahen beim Fällen der Bäume im nahegelegenen Wald. Die Männer waren manches Mal am Ende ihrer Kräfte und sollten gleichzeitig hoch konzentriert sein. Cusi hatte schon manchen zertrümmerten Finger, der nicht mehr zu retten war, amputiert. Auch für andere Erkrankungen war sie zuständig und hatte sogar eine Assistentin zur Seite.

Muyal war eine Heilerin aus Calakmul. Ihre Eltern kamen ursprünglich aus dem Landesinneren und waren vor einigen Jahren an einem heimtückischen Fieber verstorben. Cusi und Muyal verstanden sich vom ersten Tag an, obwohl sie auf den zweiten Blick aus verfeindeten Lagern kamen.

An diesem Tag waren Atoc und Tupac mit ihrer Gruppe auf dem Weg in den Wald, um die Vormittagsgruppe abzulösen, die bereits drei andere Bäume gefällt haben sollte. Sie hörten das Schlagen des Holzes schon von Weitem. Es knackte und als Nächstes sollte der dumpfe Aufschlag des Baumes zu hören sein. Stattdessen erklang ein lauter, gellender Aufschrei, dann verzweifelte Rufe um Hilfe.

Atoc und Tupac rannten auf den Holzschlagplatz. Hier standen einige Männer in einem Kreis um einen hilflos am Boden liegenden Sklaven, der sich offensichtlich eine stark blutende Wunde zugezogen hatte. Atoc rief Tupac zu, Cusi und Muyal zu holen, ohne den Verletzten näher angeschaut zu haben. Als er sich ihm näherte, erkannte er den Unglücklichen, der einen abgesplitterten Teil des Baumes wie eine Lanze in der Seite stecken hatte. Eine solche Verletzung kam oft vor, wenn der Baum kippte und noch nicht ganz durchgeschlagen war. Dann löste sich manches Mal ein mannshoher Splitter und schoss unkontrolliert über eine beachtliche Entfernung knapp über dem Boden davon. Die Waldarbeiter nannten es „Die Rache des Baumes". Manche glauben, dass der Geist des Baumes dem Holzfäller folgt, dass er ihn in seinen Träumen heimsucht, ihn nachts flüstern hört, die Äste knacken, wenngleich kein Wind weht. Andere sagen, dass die Wurzeln, die einst tief in der Erde verankert waren, sich auf eine andere Weise rächen – durch Unglück, durch Krankheit, durch einen Unfall mit der eigenen Axt oder Säge.

Besonders gefährlich sei es, einen alten Baum zu fällen, einen, der Jahrhunderte gesehen hat. Er hat Erinnerungen, und er vergisst nicht. Manche Holzfäller hinterlassen Opfergaben, bevor sie die Axt anlegen – einen Schluck Maisbier, ein paar Blätter, ein Gebet. Sie tun es nicht aus Glauben, sondern aus Angst. Denn es gibt Geschichten. Von Männern, die beim Fällen eines Baumes von einem herabstürzenden Ast erschlagen wurden. Von Sägen, die abrutschten und Hände mitnahmen. Von jenen, die nach getaner Arbeit nach Hause gingen und nie wieder aufwachten.

Es heißt, wenn man einen Baum fällt, sollte man sich nie umdrehen. Nicht auf die Stümpfe blicken, nicht auf die fallenden Blätter. Sonst könnte man sehen, wie der Baum einen ansieht. Und dann wird seine Rache unausweichlich sein.

In diesem Fall geschah es sofort und es traf ... Balam.

Atoc näherte sich ihm. Balam machte eine schwache Abwehrbewegung, als er erkannte, dass es derjenige war, der ihn durch einen gezielten Schlag gegen die Waden so schmerzhaft kampfunfähig gemacht hatte. Atoc hingegen versuchte, ihn zu beruhigen.

„Nicht bewegen, Hilfe ist unterwegs. Wir müssen so lange warten und sollten das Holzstück nicht mit Gewalt herausziehen. Du könntest daran sterben."

Balam beruhigte sich und stöhnte:

„Ich tue, was du willst", und wurde ohnmächtig.

Atoc kniete neben Balam und presste die Lippen zusammen. Das Holzstück ragte aus Balams Seite, tief eingedrungen, das Blut sickerte langsam heraus, dunkelte den Stoff seines Hemdes. Tupac beugte sich über ihn, legte eine Hand auf seine Stirn.

„Er hat Fieber", murmelte er.

„Natürlich hat er das", sagte Atoc. „Er verliert Blut."

Die Minuten verstrichen quälend langsam. In der Ferne waren Stimmen zu hören, das Knacken von Schritten auf trockenem Holz. Die versprochene Hilfe war unterwegs. Atoc hoffte, dass sie rechtzeitig kamen.

Balams Atem ging flach. Sein Körper zuckte leicht, als ein Windstoß über sie hinwegfegte. Der Himmel über ihnen war ein endloses Blau, als würde er sich über Balams Schicksal hinwegsetzen.

Endlich tauchte Cusi mit einem Gehilfen auf. Er trug feine Seile und ein Beil am Gürtel. Cusi kniete sich hin, musterte die Wunde mit prüfendem Blick. Sie schaute ihm ins Gesicht und wurde gewahr, dass es Balam war, der Mann, der sie vor einiger Zeit kurz vor Uxmal so bedrängt und belästigt hatte. Sie sah erstaunt zu Atoc. Der nickte nur und wusste genau, was in Cusi vorging.

Während sie auf den schwer verletzten Balam blickte, der nun vor ihr lag, mischten sich Sorge und Abscheu. Vor einiger Zeit hatte dieser Mann versucht, sie zu überwältigen. Damals war sie nur davongekommen, weil Atoc sie gerettet hatte.

Einerseits weiß sie als Heilerin, dass es ihre Pflicht ist, jedem Leidenden zu helfen – unabhängig von dessen Vergangenheit oder den Taten, die er begangen hat. Ihr Herz und ihre Seele sind jedoch zerrissen. Sie haderte mit dem Gedanken, dass dieser Mann, sollte er überleben, erneut zur Gefahr werden könnte.

Doch sie weiß, dass sie nicht wie er sein will.

Sie raffte ihre Gedanken wieder zusammen und konzentrierte sich auf die Verwundung.

„Wir müssen das Holz kürzen, bevor wir es entfernen", sagte sie mit ruhiger Stimme. „Sonst reißt es noch mehr Gewebe ein."

Atoc und Tupac sahen sich an. Sie wussten, was das bedeutete.

Der Mann mit dem Beil packte das Holzstück, schätzte die Länge ab und holte aus. Der Schlag war schnell, präzise. Balam zuckte nicht – er war zu schwach, um es noch zu spüren.

„Jetzt haltet ihn fest", befahl Cusi.

Atoc presste Balams Schultern auf den Boden, Tupac hielt seine Beine. Cusi griff das restliche Holzstück, atmete tief ein – und zog.

Ein erstickter Laut entkam Balams Lippen. Blut schoss aus der Wunde. Der Gehilfe drückte sofort eine Stoffrolle darauf, legte Kräuter auf die blutende Wunde, presste mit beiden Händen und fixierte alles mit den mitgebrachten dünnen Seilen.

„Er muss durchhalten, wenn er weiterleben will", sagte Cusi mit sachlicher Stimme.

Im Schiffsbaulager gab es ein Krankenlager. Das Lager selbst bestand aus etwas mehr als einhundertfünfzig Sklaven, von denen die meisten aus Uxmal und der näheren Umgebung kamen. Unfälle leichterer und schwerer Art kamen oft vor, Quetschungen, Splitter, Fehler mit Werkzeug und vieles mehr.

Das Krankenlager war immer besucht, nicht mehr als eine düstere, stickige Hütte am Rande des Lagers, weit genug entfernt, damit das Stöhnen und Wimmern der Verwundeten nicht die Arbeit der anderen störten. Die Luft war schwer von Schweiß, Blut und dem bitteren Geruch nach Kräutern, die gegen Schmerzen und Fieber helfen sollten.

Der Boden bestand aus festgetretener Erde, uneben und mit dunklen Flecken getränkt, die niemals ganz verschwanden. Entlang der Wände standen grobe Holzpritschen, zusammengezimmert aus alten Brettern, so hart, dass der Schlaf darauf nur in tiefster Erschöpfung möglich war. Einige hatten dünne Matten aus Palmfasern, die längst voller Ungeziefer waren.

In der Mitte der Hütte brannte eine kleine Feuerstelle, über der ein Topf mit dampfender Brühe hing, eine Mischung aus Wasser, Wurzeln und allem, was Cusi und Muyal finden konnten. Sie schmeckte bitter, doch wer sie trank, hoffte auf Besserung; manche Verwundeten reglos, manche von Fieber geschüttelt.

Ein alter Sklave ging von Lager zu Lager, prüfte Wunden, rieb Salben auf zerschundene Haut, wechselte notdürftige Verbände. Er sprach kaum, er wusste, dass Worte oft nichts halfen. Wer stark war, überlebte. Wer zu schwach war, wurde eines Morgens einfach nicht mehr wach.

Draußen, hinter der Hütte, war eine Grube. Flach, hastig ausgehoben. Kein Ort für lange Abschiede. Wenn jemand starb, wurde er dorthin getragen, in ein Tuch gewickelt, ohne Namen, ohne Zeichen. Nachschub an Sklaven gab es immer.

Balam, halb bei Bewusstsein, spürte den kalten Griff des Todes, der an seiner Seele zerrte. Cusi hatte aus verständlichen Gründen eine weitere Behandlung abgelehnt, und so kümmerte sich Muyal um die erhoffte Genesung des schwer Verwundeten.

Eines Morgens kam Xul zu Muyal in das Krankenlager. Er wartete, bis sie sich ihm zuwandte und fragte dann:

„Wie geht es Balam? Wird er wieder genesen?"

„Du bist Xul, der Freund von Balam?", fragte Muyal in sachlichem Ton.

Als er es bejahte, wurde ihre Stimme unfreundlich.

„Cusi hat mir von euch beiden Banditen erzählt. Schlimm, dass sie ausgerechnet ihn nun auch noch vor dem Tode retten musste."

„Ich bin gekommen, um mich bei ihr zu entschuldigen, es war nicht recht, sie derart anzugreifen."

„Was wolltet ihr eigentlich von ihr? Sie war doch gänzlich friedlich."

„Wir wollten sie überfallen und ...", hier stockte Xul, jedoch Muyal vollendete:

„... ausrauben und dann vergewaltigen ?!"

Xul sah sie entsetzt an und hätte jetzt eigentlich laut protestieren müssen. Stattdessen sagte er nichts, schaute vor sich in den Sand und malte Kreise mit seinen Füßen.

„Ein einfaches Opfer", fuhr Muyal erbost fort, „wehrlos und ein Mädchen, da kann man es ruhig machen. Fällt euch Scheißkerlen denn nichts Besseres ein? Seid ihr zu dämlich, um ein Gespräch anzufangen und falls aus den Annäherungsversuchen nichts wird, es einfach sein zu lassen?

Könnt ihr eure Finger nicht bei euch behalten?" Damit drehte sie sich um und wollte gehen, da rief er:

„Es tut mir leid. Wirklich. Was kann ich tun?"

„Wenn du das nicht weißt, kann ich dir nicht helfen."

Damit stampfte Muyal davon und ließ Xul stehen.

Der ging ihr noch einige Schritte nach und verließ schließlich die Krankenstation. Von Ferne sah er Atoc, der offensichtlich bemerkt hatte, dass Muyal sehr erregt den Schuppen verlassen hatte.

Offenbar wollte Xul mit seinen Gefühlen reinen Tisch machen und ging mit großen Schritten geradewegs auf Atoc zu, der gerade vor der Werkstatthütte an einer Spannvorrichtung für ein Segel arbeitete.

„Was willst du?", fragte Atoc unfreundlich. „Hast du Muyal belästigt? Ist sie vor dir weggelaufen oder hast du sie belästigt?"

„Nichts dergleichen. Ich wollte mich eigentlich bei Cusi entschuldigen und außerdem bei ihr bedanken, für das, was sie für Balam getan hat. Aber Muyal hat mir erzählt, dass Cusi mit uns nichts zu tun haben will."

„Soso", antwortete Atoc etwas verwirrt, „wundert es dich?"

„Nein, es wundert mich nicht", erwiderte Xul mit Nachdruck in der Stimme. „Lass dir bitte etwas erklären".

Xul lehnte sich an einen Holzstamm und begann vor seinen Augen, auch für Atoc erkennbar, ein Stück der Welt erscheinen zu lassen, wie er sie ehemals erlebt hat.

„Ich wuchs im Süden auf, an der Grenze zum Dschungel. Mein Vater hatte Land, nicht viel, aber genug. Wir pflanzten Mais und Bohnen. Wir hielten Hühner. Ein Schwein, wenn das Jahr gut war. Es war ein hartes Leben, aber es gehörte uns.

Ich mochte sie, die Morgen auf den Feldern. Die Luft war kühl, die Erde feucht. Mein Vater sprach nicht viel, aber er zeigte mir alles, was ich wissen musste. Meine Mutter brachte mir bei, Feuer zu machen, Essen zu kochen, Kräuter zu erkennen. Ich lernte, wie man überlebt.

Dann kamen sie. Männer mit Speeren, mit Knüppeln, mit Fackeln. Sie kamen in der Dämmerung. Die Hühner schliefen noch. Der Rauch vom Frühstücksfeuer stieg auf. Ich erinnere mich genau ... riesige Flammen. Dann war alles anders.

Ich lief. Ich hörte die Schreie hinter mir. Ich hörte das Holz knacken, das Feuer fressen. Ich rannte durch die Felder, die wir gepflügt hatten. Ich drehte mich nicht um.

Als ich am nächsten Tag zurückkam, war nichts mehr da. Nur Asche. Schwarze Balken, die in den Himmel ragten. Der Geruch von Rauch, von Blut. Niemand war mehr dort.

Ich wanderte. Ich war nicht der Einzige. Es gab einige von uns, die keinen Ort mehr hatten. Ich schloss mich anderen an. Wir stahlen, wenn wir mussten. Jagten, wenn wir konnten. Wir schliefen im Schatten. Hunger wurde ein alter Freund.

Ich hatte mich mit Balam zusammengetan. Wir stahlen und raubten, hatten Hunger. Als wir Cusi sahen, schien sie ein leichtes Opfer. Nachdem du uns so schmerzhaft vertrieben hast, mussten wir uns zunächst einmal erholen. Ich bekam rasende Kopfschmerzen und Balam konnte kaum laufen. An etwas Essbares zu kommen, war kaum möglich, wenn man nicht weglaufen kann. Und so fingen sie mich. Sie warfen ein Netz über mich, banden meine Hände. Ich kämpfte, ich trat, ich biss. Es half nichts. Balam ging es ebenso. Der war einfach noch hilfloser.

Zunächst brachten Sie mich nach Calakmul. Dort sollten wir Schiffe bauen, genau wie hier. Eines Tages flohen die anderen aus meiner Arbeitsgruppe mit einem Schiff und verschwanden spurlos. Die Soldaten haben sie nicht wieder eingefangen. Balam und ich kamen anstatt in eine andere Gruppe schließlich hierher. Wahrscheinlich dachten sie, wir würden dort alle aufwiegeln.

Jetzt bin ich hier. Ich baue Schiffe für Männer, die mich verachten. Ich esse, wenn sie es erlauben. Ich schlafe, wenn sie es dulden. Aber ich erinnere mich. An die Felder. An das Feuer. An alles, was sie mir genommen haben."

„Warum haben sie euch nicht getötet?"

„Wahrscheinlich brauchen sie Arbeitskräfte."

„Erzähl mir von der Flucht", sagte Atoc.

Xul blinzelte, seine Lippen waren rissig. „Du willst wissen, wie es war?" Er lachte leise, ein raues, trockenes Geräusch. „Es war schnell. Und es war chaotisch."

Atoc sagte nichts. Er wusste, dass Xul von selbst weitersprechen würde.

„Wir hatten das Schiff wochenlang gebaut. Bretter geschleppt, Nägel eingeschlagen, den Kiel ausgerichtet. Die Aufseher dachten, wir hätten keine Ahnung, aber wir haben genau zugehört. Wir haben gesehen, wie sie die Schiffe ins Wasser ließen, wie sie die Segel setzten. Und wir haben gewartet."

Xul lehnte sich an die kühle Wand der Hütte. Seine Finger strichen über den groben Stoff seines Hemdes.

„Es war nachts, als wir gingen. Der Wind stand günstig, das Wasser war ruhig. Wir wussten, dass wir nicht viel Zeit hatten. Balam und ich haben die Wachen abgelenkt. Ein paar Männer haben die Seile gekappt. Die Strömung tat den Rest."

Er schwieg einen Moment, als würde er die Bilder in seinem Kopf neu sortieren.

„Wir waren zehn Mann, es war nur Platz für acht. Wir haben zwar bei der Flucht geholfen, konnten aber nicht mitfahren. Das Schiff fasste zwar wesentlich mehr Menschen, jedoch nur zum Transport. Für eine längere Fahrt auf dem Meer war weniger Platz. Manche konnten segeln, andere nicht. Balam und ich hatten Angst. So haben wir lediglich am Land geholfen. Wir wussten, dass es keine Wahl gab. Als sie uns bemerkten, war es zu spät. Die ersten Pfeile verfehlten das Boot, dann warfen sie Fackeln, doch das Wasser war zu tief, um dem Boot zu folgen, das Boot zu weit weg. Sie ruderten wie der Teufel. Der Wind zog sie endlich hinaus. Und schließlich waren sie verschwunden."

„Und ihr beiden habt einfach so verzichtet?", fragte Atoc provozierend.

„Hör zu", erwiderte Xul, eine Spur von Strenge in seiner Stimme, „noch einmal: Es war Nacht. Der Wind stand günstig; das Meer war eine glatte Fläche aus schwarzer Seide. Uns blieb keine Zeit für zögern. Balam und ich lenkten die Wachen ab, während die anderen die Seile durchschnitten.

Die Strömung übernahm den Rest", wiederholte er beinahe verzweifelt.

„Balam und ich, wir konnten nicht mit. Wir mussten von Land aus zusehen", sagte er traurig.

Xul ballte die Fäuste. „Wir hatten keine Wahl, verstehst du? Balam und ich schlichen zurück ins Lager und taten harmlos. Sie haben uns nicht beschuldigt.

So haben wir lediglich Erfahrungen für das nächste Mal gemacht. Und das wird kommen."

Das Meer

„Hört mir zu, jeder Einzelne von euch. Stellt euch die tosende Wut des Meeres vor, wie er gegen unsere einsame Küste anbrandet. Sein Atem schwer wie Blei, jeder Windstoß schneidet schärfer als ein Messer. Die stolzen Kiefern beugen sich dem Willen des Sturmes, bis zu dem Punkt, wo das Knarren ihrer Äste die Luft zerreißt. Das Meer, nicht mehr nur ein Gewässer, sondern ein monströses, wildes Biest, das sich nach der Zerstörung sehnt. Ihr spürt diese gewaltige Kraft, die die Menschen in ihren Häusern zittern lässt, die Boote wie Spielzeuge gegen die Klippen schleudert. Die Sturmflut entfesselt eine Angst, die tief in eure Knochen kriecht. Lasst euch das gesagt sein, dies ist kein bloßes Wetter, dies ist das Erlebnis einer wahren und unerbittlichen Naturgewalt."

Père Étienne de Clairmont hatte an diesem Sonntag in seiner Predigt in der kleinen Kirche in Alamant sur la mer die Sturmflut vor über zwanzig Jahren als Mahnung zum Respekt vor der Natur als Thema gewählt.

Père Étienne de Clairmont war ein hagerer Mann mit tief liegenden, wachen Augen, die mehr gesehen hatten, als er je erzählen würde. Sein Gesicht war vom Wind gezeichnet, die Wangen eingefallen vom Fasten und den langen Reisen zwischen den Dörfern. Der grobe Wollstoff seiner schwarzen Kutte war abgetragen, die Nähte an den Ärmeln aufgerieben, doch seine Haltung blieb aufrecht, sein Blick ruhig und entschlossen.

Er war ein Mann des Wortes, aber auch der Tat. Seine Hände, rau von der Arbeit auf den Feldern, zeugten davon, dass er nicht nur predigte, sondern auch mit anpackte, wenn es nötig war. Die Bauern respektierten ihn, nicht nur als Geistlichen, sondern als einen von ihnen. In den kleinen Steinkirchen, in denen der Kerzenschein flackerte, sprach er von Buße und Gnade, aber auch von Gerechtigkeit. Er wusste, dass das Leben hart war, und er versprach keine Wunder, nur Trost und einen festen Glauben, der durch die Stürme des Lebens trug.

Père Étienne war kein Freund der weltlichen Macht. Er misstraute den Fürsten und Herren, die in ihren Burgen saßen und Abgaben eintrieben, während die einfachen Menschen hungerten. Manchmal, wenn er nachts in seiner bescheidenen Kammer betete, fragte er sich, ob die Kirche selbst nicht zu weit von dem entfernt war, was Christus gewollt hatte. Doch er sprach diese Gedanken nur in vorsichtiger Andeutung aus.

Man sagte, dass er einst ein Ritter gewesen war, bevor er das Kreuz nahm. Dass er ein Schwert geführt hatte, bevor er die Bibel in die Hand nahm. Doch wenn man ihn darauf ansprach, wurde sein Blick dunkel, und er wechselte das Thema.

Was auch immer seine Vergangenheit war, in den Dörfern der Hügel und Täler Frankreichs war Père Étienne ein Hirte für die Verlorenen, ein Trost für die Kranken und ein Dorn im Fleisch der Mächtigen.

Wenn eine solche Naturkatastrophe über sie hereinbrach, wie sie es Ostern im Jahr 1180 tat, waren die Menschen in dem kleinen Ort Zeugen der ungezügelten Kraft der Natur.

In dieser rauesten Nacht, als der Wind die Bäume beugte und der Regen wie endlose Tränen vom Himmel fiel, braute sich vor der französischen Atlantikküste eine Sturmflut zusammen, die an manchen kalten Winterabenden wieder und wieder neu ausgeschmückt und nacherzählt wurde. Die Dorfbewohner, hartgesottene und gezeichnete Seelen, die das stürmische Meer mehr fürchteten als jeden Feind, spürten damals das Nahen der Katastrophe in ihren Knochen.

Die Sturmflut kam in vollen Zügen, ein brüllendes Ungeheuer aus Wasser und Gischt, das die Küste überrollte und alles mit sich zu reißen drohte.

Jene Sturmflut wurde eine Legende, die noch nach Generationen weitererzählt werden würde. Es war die Nacht, in der ein kleines französisches Küstendorf lernte, dass im Angesicht der größten Gefahr die größte Stärke oft in den Händen derer liegt, die man als Nachbarn bezeichnet.

Die Küste war an diesem Morgen friedlich und ruhig, als hätte sie nur darauf gewartet, ihre wahre Kraft zu enthüllen. Die Fischer hatten bereits ihre Boote beladen und ihre Netze ins tiefe, dunkle Wasser des Atlantiks geworfen. Das Leben am Dorf schien wie jeden anderen Tag zu verlaufen, Kinder spielten am Ufer, während Frauen nach der Ernte sahen und die Männer auf hoher See waren.

Doch etwas war an diesem Tag anders.

Am Horizont begann sich ein dunkler Streifen zu bilden, so subtil, dass er anfangs von keinem bemerkt wurde. Doch schon bald verdunkelte sich der Himmel, als sich gewaltige Wolken zusammenbrauten und der Wind seine stille Ankündigung eines herannahenden Unheils machte. Die ersten Böen fegten über das Dorf, die Menschen blickten auf und begannen, die Anzeichen zu deuten.

Erfahrene Fischer spürten die Veränderung in der Luft. Sie verließen ihre Fangplätze, steuerten die Boote hastig zurück ans Ufer. Mit einer Mischung aus Angst und Respekt vor der Natur begannen sie, ihre Familien und ihr Hab und Gut in Sicherheit zu bringen. Die Frauen zogen die Kinder zurück in die Häuser, während die Männer die Boote vertäuten und alles, was von den stürmischen Winden erfasst werden konnte, festzurrten.

Der Himmel öffnete seine Schleusen, und ein sintflutartiger Regen prasselte nieder. Die Wellen, die zuvor sanft an den Strand gespült hatten, schwollen nun zu gigantischen Monstern an. Sie eroberten alles, was im Weg stand. Die ersten Wellen überfluteten das Dorf, rissen Hütten weg und machten alle menschlichen Bemühungen, sie aufzuhalten, zunichte. Wehe den Menschen, die jetzt in ihren kleinen Booten auf dem Meer waren.

Die Sturmflut dauerte Stunden, und die Nacht warf ihre dunkle Decke über das zerrüttete Dorf. Es war eine Nacht voller Angst und Hoffnung, voller Gebete und mutiger Taten. Doch als der neue Tag anbrach, ließ der Sturm langsam nach und das Meer begann sich zu beruhigen.

Die Menschen traten aus ihren Häusern, die Gesichter gezeichnet von den Strapazen der Nacht, doch in ihren Augen lag auch eine unzerstörbare Entschlossenheit. Sie sahen damals das Ausmaß der Zerstörung.

Sie sahen jetzt allerdings auch, was sie Neues geschaffen hatten. zweiundzwanzig Jahre waren das nun her und das Dorf längst wieder aufgebaut. Das alles war Grund genug für den Pastor, die Gemeinde einmal mehr an die Vergangenheit zu erinnern.

Es geschah allerdings vor Jeans Geburt, und so hatte er keine eigene Erinnerung daran. Er hörte nur bisweilen seine Eltern davon sprechen, insbesondere, wenn sie ihn ermahnten, am Wasser vorsichtig zu sein. So sahen sie es natürlich nicht gerne, wenn er wieder einmal am Wrack vorbeischaute, um der Herkunft dieses Schiffes mit dem markanten Vorbau auf die Schliche zu kommen. Wo kam es her? Wo wollte es hin? Wer war an Bord? All diese Fragen blieben offen und es wurde nicht einfacher dadurch, dass es immer mehr zerbrach und nicht mehr schadlos betreten werden konnte. Deshalb setzte er sich manchmal einfach nur oberhalb des Wracks an die Küste und ließ seine Gedanken über das Wasser fliegen, hin zur Unendlichkeit des Horizonts. Was war dahinter? Vielleicht lebten dort Menschen, von denen noch niemand etwas gehört hatte. Manche behaupteten, dahinter ist einfach nichts mehr. Aber wie kann das sein? Was bedeutet das: Dahinter ist nichts, jenseits ist nichts?

Einige behaupteten, dass es über das Nichts hinausginge. Aber wie könnte das nun wieder sein? Was bedeutete es?

Jede Welle, die sich ans Ufer bricht, bringt Fragen, bringt Flüstern aus der Ferne mit sich und es spricht zu ihm: Die Welt ist reich an Geheimnissen, die darauf warten, gelüftet zu werden, und Geschichten, die darauf warten, erzählt zu werden. Du bist auf dem richtigen Weg, mach weiter, wundere dich weiter. Was dahinter liegt, musst du entdecken und neu definieren. Das Unbekannte ist keine Leere; es ist Potenzial.

Die Flucht

Es war eine wundervolle Karibiknacht. Nach dem farben-
prächtigen Sonnenuntergang stand der Mond über dem
Meer und malte eine lange, zuerst golden, dann silbrige
Straße auf dem Wasser.

Tupac und Atoc saßen mit Cusi und Muyal am Strand. Leise
und beruhigend trafen kleine Wellen auf das Land, und der
Ozean zeigte seine romantische, friedliche Seite.

Ihre Füße gruben sich in den weichen Sand, während sie auf
die endlose Weite des glitzernden Meeres blickten.

„Schau, wie der Mond das Wasser in ein Meer von flüssigem
Silber verwandelt", flüsterte Tupac mit einem Lächeln. Cusi
nickte, ihre Augen funkelten vor Bewunderung für die
Schönheit der Natur, die sie umgab.

Tupac lächelte und wandte sich an seine Freunde.

„Wir leben in einer magischen Welt, seht nur, wie der Mond
das Meer in Silber taucht", wiederholte er mit einer Stimme
voller Ehrfurcht. Atoc nickte zustimmend und fügte hinzu:

„Es ist, als würde jede Welle uns eine neue Geschichte erzählen. Wir müssen nur zuhören."

Cusi umarmte ihre Knie und starrte hinaus auf die glitzernde
Wasseroberfläche.

„Vielleicht sollten wir auch unsere eigenen Geschichten auf
diese Weise erzählen. Frei und endlos wie das Meer. Das
Wasser sieht harmlos aus, das Meer kann jedoch auch
grausam sein. Das müssen wir bedenken, wenn wir mit dem
Schiff über den Ozean fliehen wollen."

So verträumt, wie sie sprach, so hart kamen die letzten Worte. Flucht und Gefahr waren die wichtigsten Begriffe und enge Verwandte. Das Schiff zu stehlen, war bereits beschlossene Sache und alle taten so, als sei es schon geschehen, sozusagen auf die einfachste Art und Weise. Nur noch einsteigen und los. Es war wahrscheinlich tatsächlich relativ einfach zu machen, denn niemand rechnete damit, dass jemand ein so großes Schiff stehlen könnte. Obwohl es in Calakmul bereits eine erfolgreiche Flucht gegeben hatte, war dieses Ereignis hier noch nicht in den Köpfen angekommen. Dennoch drängte die Zeit.

Atoc schien es allerdings mittlerweile, als ob eine verträumte Gruppe von ahnungslosen Fantasten eine der gefährlichsten Reisen in eine ungewisse Zukunft starten würde. Alle hatten überhaupt nur die Spur einer Ahnung, wie sie ein Leben in einer Wasserwüste vorbereiten sollten. Noch dazu musste jeder Schritt in absoluter Heimlichkeit vonstattengehen. Niemand durfte etwas bemerken. Atoc und Tupac übernahmen die Rollen der Ideengeber. Sie dachten an viele wichtige Ausrüstungsgegenstände.

So konnten sie keine Waffen mitnehmen. Brauchbares Holz, etwas Schnitzwerkzeug, um es zu handlichen Knüppeln zu verarbeiten, musste ausreichen, um sich im Ernstfall verteidigen zu können. Außerdem benötigten sie Palmenblätter zum Schutz gegen Sonne oder zum Auffangen von Regenwasser. Cusi sollte Medikamente und Material, um kleine und größere Wunden zu versorgen, mitnehmen und Material für Reparaturen am Schiff durfte ebenfalls nicht fehlen. Viele Kleinigkeiten kamen noch dazu, für die alle einen geheimen Ort finden mussten, die von jetzt auf gleich zum Startsignal gegriffen und mit an Bord genommen werden sollten.

Sie benötigten noch Fässer für Wasser und Proviant. Außer Atoc, Cusi, Tupac, Muyal waren da noch Balam und Xul. Der Gärtner aus dem Palastgarten – Ikan – will, dass der Zimmermann Pixan unbedingt die Gruppe begleitet. Nichts halte ihn hier. Er war zu allem entschlossen. Aus einem unbekannten Grund fühlten sich nebenbei alle sicher, wenn ein Zimmermann dabei sein würde.

Die Nacht des Aufbruchs kam.

In der Dunkelheit der Neumondnacht, unter einem dicht bestirnten Himmel, begannen Tupac, Atoc, Cusi und Muyal ihre geheime Mission, um aus ihrer Heimat zu fliehen. Die kühle Brise, die vom Meer herüberwehte, gab einen kleinen Vorgeschmack auf die ungewisse Zukunft, die ihnen bevorstand.

Eine der letzten Aufgaben bestand darin, sich mit ausreichend Trinkwasser zu versorgen. Sie schlichen zum alten Brunnen am Rande des Lagers, wo das Wasser hoffentlich besonders klar und frisch war. Atoc und Tupac ließen vorsichtig Eimer ins dunkle Nass hinab, um sie ebenso behutsam wieder heraufzuziehen. Sie mussten mehrmals hin und her gehen, um genug Wasser für ihre Reise zu sammeln. Pixan entdeckte zusätzlich einen Stapel bereits mit Wasser gefüllter Fässer. Wasser bedeutete Lebenselixier. Ohne genügend Wasser war die Fahrt über das salzige Meer eine Fahrt in den sicheren Tod. Zehn Fässer konnten sie schließlich verstauen. Jedes Geräusch in der Nacht ließ sie zusammenzucken, doch der Neumond stand schützend über ihnen, indem er sich nicht zeigte, und sie vollendeten ihre Aufgabe also unbeobachtet.

Die Beschaffung des Proviants war der nächste Schritt. Balam, der einst in der Küche der großen Werkstatt gearbeitet hatte, kannte die Lager genau. Er führte die Gruppe zu einem kleinen Eingang, der kaum gesichert war. Leise öffneten sie die Tür und betraten den kleinen Raum, gefüllt mit Gerüchen von getrockneten Kräutern und Salz. Sie nahmen Hartkäse, getrocknete Fische und Brote sowie eine Auswahl an Früchten wie Guaven und Nüssen so viel sie tragen konnten, die sie schnell in ihren Säcken verstauten. Jeder Schritt wurde mit größter Sorgfalt und Stille ausgeführt.

Schließlich hatten sie alles zusammen, von dem sie glaubten, dass sie es zum Überleben benötigten. Sie nahmen, was sie für nützlich hielten. Es war kein ausgereifter Plan, eigentlich ein Wahnsinn, jedoch für sie eine Chance auf ein Leben in Freiheit.

Es war an der Zeit, das Schiff zu besteigen. Das Boot, das für den Eroberungskrieg von Yuknoom dem Großen von Calakmul eigentlich Soldaten entlang der Küste transportieren sollte, lag auslaufbereit am kleinen, hölzernen Anleger. Der Anblick des riesigen, dunklen Ozeans war einschüchternd. Tupac fühlte ein Zögern in der Luft, doch ein entschlossener Blick in die Augen seiner Gefährten ließ jegliche Angst vor dem bevorstehenden Abenteuer schwinden. Alle acht Gefährten stellten sich schließlich in einen Kreis und beteten gemeinsam zu Huracán dem Gott des Windes,

des Sturmes und des Feuers, und baten ihn um seine Gnade während der ganzen Reise.

Sie stiegen ein, jeder mit einem kleinen Extrapäckchen, und Atoc übernahm das Ruder, sie setzten das Segel und unter der absoluten Dunkelheit der Nacht begann ihre Fahrt ins Ungewisse. Der Wind nahm gerade in dem Augenblick zu und füllte das Segel, ganz so, als ob Huracán sich tatsächlich seiner Schützlinge annehmen wollte. Das Schiff begann, sich durch die nächtlichen Wellen zu schneiden. Ihre Herzen schlugen synchron mit den Wellen des Meeres.

Während das Ufer immer weiter in der Dunkelheit verschwand, fühlten sie sowohl eine tiefe Melancholie über das, was sie zurückließen, als auch eine wachsende Aufregung über das, was vor ihnen lag. Das Unbekannte war erschreckend, doch die Hoffnung und das gemeinsame Streben nach einem neuen Leben ließen sie kühne Schritte in eine ebensolche Richtung gehen.

Ein jeder hing seinen Gedanken nach, jedoch niemand haderte mit seiner Entscheidung.

Das Schiff hatte bald an Fahrt aufgenommen und war eine gute Strecke vom Liegeplatz gefahren. Es fuhr leicht über die Wellen, getrieben von Wind und Strömung, als von dem gleichen Wind, der sie vorantrieb, Geräusche zu ihnen herüberwehten.

Es klang, wie laute, aufgeregte Stimmen, metallisches Klingen, Befehlstöne.

„Die Wachen haben unsere Flucht bemerkt", rief Cusi voller Angst.

„Beruhige dich", entgegnete Atoc. „Sie können uns nicht sehen, und unser Schiff ist groß und schnell. Jetzt beruhigt euch und seid leise. Das Wasser trägt unsere Stimmen in der Nacht weit voran. Nicht mehr lange und sie werden uns nicht mehr einholen können." Hoffnung lag in der Stimme.

Das Meer war unruhiger geworden. Ein untrügliches Zeichen, dass sie sich zügig von der Küste entfernten. Die Sterne funkelten oben am Himmel, aber ihre Lichter schienen weit entfernt und wirkungslos gegen die Schwärze, die sie umhüllte. Das Schiff selbst war stolz und majestätisch, tanzte auf den Wellen und für Atoc fühlte es sich an, als ob die Verfolger sie nicht einholen könnten.

Er trug eine ernste Miene, als er das Ruder fest in Händen hielt. Er war kein erfahrener Seemann. Er betete zu den Göttern. Das gab ihm Kraft und Zuversicht.

Die Luft war salzig und feucht, und der Wind trug das Echo der fernen Stimmen, die immer noch nach ihnen suchten. Das metallische Klingen, das sie gehört hatten, war das Geräusch von Schwertern und Waffen, die aufeinanderprallten, da war er sich sicher.

Die Soldaten würden ihnen mit kräftigen Ruderern in den schnellen Langbooten folgen. Diese Boote würden sie einholen können, wenn sie in die richtige Richtung führen. Jedoch war die hohe Geschwindigkeit der schlanken Boote, die von bis zu vierzig Männern mit Rudern vorangetrieben wurden, auch eine Gefahr. In der stockfinsteren mondlosen Nacht konnte der Bootsführer von seiner Position am Ruder im Heck die Gefährlichkeit großer Wellen nicht erkennen, geschweige denn sie überhaupt sehen. Eine solche Welle konnte das schmale Boot leicht von der Seite erfassen und umwerfen. Es war nicht für die offene See, sondern für küstennahe Fahrten gebaut.

Dann würden alle Soldaten untergehen. Sie waren mit ihrer Bewaffnung zu schwer zum Schwimmen. Die Ruderer könnten sich retten, jedoch waren sie auch Kimi, dem Totengott geweiht, wenn sie zu weit der Küste ins Meer stürzten. Tupac, Atoc, Cusi und ihre Gefährten waren da auf dem Mahagonischiff schon besser dran. Es war wesentlich seefester. Atoc blieb ruhig.

„Vertraue mir, Cusi", sagte er mit fester Stimme. „Dieses Schiff ist unser größter Verbündeter. Es ist stark und schnell, und die Götter des Meeres sind mit uns."

Cusi nickte, obwohl ihr Herz noch immer rasch schlug. Die Dunkelheit und das Rauschen des Wassers, das gegen den Rumpf des Schiffes schlug, schienen sie zu erdrücken.

Die Nacht zog weiter und das Schiff glitt still durch das Wasser, unterstützt von den starken Winden, die ihre Flucht begünstigten. Die Stimmen und Geräusche der Verfolger verblassten allmählich hinter ihnen, verloren sich in der Unendlichkeit des Ozeans. Cusi spürte, wie die Anspannung nachließ und Hoffnung auf ein Entkommen aufkeimte.

Atoc sortierte seine Gedanken. Was war bisher geschehen? Sie hatten ein Schiff gestohlen. Es maß über fünfzehn Mannlängen. Sie hatten es stümperhaft und eigentlich planlos ausgerüstet. Zwar hatten sie es auf Anweisung, dennoch selbst gebaut. Es war stabil und für acht Personen groß genug und steuerbar. Eigentlich passten viel mehr Personen an Bord, jedoch war es kein Nachteil, wie es war. Sie hatten zunächst einmal hinreichend Wasser, ein wenig Kleidung, wenig warme Sachen. Woher sollten sie die auch nehmen? Etwas zum Essen war auch vorhanden. Einige Tage würde das alles reichen. Im Grunde waren sie ein schlecht ausgerüstetes Schiff, ohne eine Vorstellung, wohin es gehen sollte, mit einer gänzlich unerfahrenen Mannschaft, mitten auf dem offenen Meer. Die Ausrüstung musste ergänzt werden, sobald sich die Möglichkeit ergab.

Yuknoom indes schäumte vor Wut. General Lanculo hatte es offensichtlich nicht verstanden, die Sklaven richtig zu überwachen.

„Du hättest ein System der Angst aufbauen müssen", fluchte Yuknoom laut und zornig. „Es geht nicht darum, dass es den Sklaven gut geht. Sie sollen nicht zufrieden sein, sie sollen arbeiten. Und wenn der eine oder andere dabei um sein Leben kommt, ist es besser, als wenn er entfliehen kann. Fang sie wieder ein. Geh mir aus den Augen und komm mir nicht wieder, ohne dass du sie zurückbringst", brüllte er. „Du fährst ihnen sofort mit dem schnellsten Schiff hinterher. Dieser Atoc und der verfluchte Tupac mit seiner Schwester haben mir das schönste Schiff gestohlen." Bei diesen Worten trat er nach dem General, traf jedoch nicht. Seine Wut steigerte sich noch, als ihm bewusst wurde, dass er außer seinem schmucken Langboot nichts in der Hand hatte, sie zu verfolgen.

„Bring sie mir zurück", schrie er erneut in größter Wut.

„Großer Yuknoom, ich tue, was du verlangst. Ich werde das Langboot hinterherschicken und ein weiteres seetüchtiges

Schiff ausrüsten und es selbst befehligen. Es wird noch einige Tage dauern, dann ist in Calakmul ein weiteres Schiff fertiggestellt. Die Flüchtlinge sind schlecht ausgerüstet. Sie haben nur das Schiff und wenig Proviant. Sie werden bei nächster Gelegenheit an Land gehen müssen, um sich besser zu versorgen. Dort fassen wir sie. Sie müssen ihre Ausrüstung vervollständigen", presste Lanculo fast schon verzweifelt hervor.

Als die Sonne sich am nächsten Morgen am Horizont ankündigte, konnten alle sehen, wie alleine sie auf dem Meer waren. Zum ersten Mal sahen sie, dass sie zwar frei zu sein schien, diese Freiheit jedoch in Wahrheit keine war, sondern dass ihr Leben an einem seidenen Faden hing. Und das in jedem Augenblick. Es könnte ein Sturm kommen, ein Riff könnte sie aufspießen, sogar Seeungeheuer konnte man nicht ausschließen. Andere hatten schon von welchen berichtet. Warum auch nicht? Niemand hatte Erfahrungen mit dem Meer.

Als die ersten Strahlen der Morgensonne über den Horizont brachen, erfassten alle an Bord die gnadenlose Weite des Ozeans, die sich um sie herum ausdehnte. Sie waren sich ihres Schicksals und der ungezähmten Macht der Naturgewalten, die jeden Moment über sie hereinbrechen konnten, schmerzlich bewusst. Stürme, scharfe Riffe , Seeungeheuer, schien nicht außerhalb der Realmöglichkeiten zu liegen. Niemand unter ihnen hatte wahre Erfahrung mit den Launen und Tücken des Meeres; der Mangel an Wissen trug zur wachsenden Verunsicherung bei.

Die Gespräche an Bord, die anfänglich von einer stürmischen Hoffnung auf ein neues Leben getragen wurden, wandelten sich nun in Verzweiflung und Angst vor dem Unbekannten. Mit ernster Miene sprach Atoc zu Tupac und Cusi:

„Die Besatzung ist verunsichert. Sie alle wollten dem Sklavenlager entkommen, doch jetzt merken sie, dass sie nicht vorbereitet sind auf das, was ihnen bevorstehen könnte. Wir müssen mit ihnen sprechen und vor allem brauchen wir einen Plan."

Es war mehr als offensichtlich, dass die reine Flucht aus der Gefangenschaft nicht ausreichte; sie benötigten eine Strategie, einen Wegweiser, der sie durch die Untiefen des Meeres und der Unsicherheit leiten würde. Sie verstanden, dass jede Persönlichkeit an Bord, jede individuelle Stärke genutzt werden musste, um eine dynamische und robuste Gemeinschaft zu bilden, die in der Lage war, den Herausforderungen, die noch vor ihnen lagen, gemeinsam entgegenzutreten.

Während ihrer kleinen Versammlung sprachen sie offen über ihre Ängste, ihre Hoffnungen und die möglichen Gefahren, die das Meer birgt. Atoc betonte, wie wichtig es war, zusammenzuhalten, zusammenzuarbeiten und aufeinander aufzupassen. Sie beschlossen, Arbeitsgruppen zu bilden, die sich um verschiedene Aufgaben kümmerten: Navigation, Wachsamkeit, Vorrat, regelmäßiges Essen und Sicherheitsvorkehrungen. Jeder Einzelne wurde ermutigt, seine Erfahrungen und Fähigkeiten einzubringen, um ein Gefühl der Einheit und Stärke zu fördern.

Diese an sich guten Überlegungen wurden leider durch eine ihnen gänzlich unbekannte Größe ausgehebelt. Alle wurden seekrank.

Der Rumpf des kleinen Holzschiffs ächzte bei jeder Welle, als würde das Wasser selbst daran ziehen, es in Stücke reißen zu wollen. Die Planken unter den nackten Füßen waren feucht und rutschig, salziges Wasser spritzte über den schmalen Bug. Der Wind blies hart, und das kleine Segel schwappte mit jedem Ruck wie ein wütendes Tier über den Mast.

Pixan saß neben Atoc zusammengesunken an der Reling. Seine Haut war blass – nicht vom Mangel an Sonne, sondern vom ständigen, unbarmherzigen Drehen tief in seinem Bauch. Der Horizont war ihm längst keine Orientierung mehr, sondern ein tückisches Band, das sich hob und senkte wie eine lebende Schlange.

Der Magen rebellierte gegen jeden Tropfen Wasser, gegen den trockenen Bissen Brot. Erst kam Übelkeit wie ein lauer Nebel, dann das kalte Schwitzen, das Zittern, das Frösteln unter der Sonne. Schließlich erbrach er sich – erst zaghaft, dann wie ein Aufstand des ganzen Körpers gegen die Bewegung der See.

Als Atoc das sah, konnte sein Magen auch nichts mehr zurückhalten. Er spürte, wie die Welt unter ihm kippte, auch wenn er die Augen schloss. Alles schwankte – selbst seine Gedanken, selbst sein Glaube. Die Luft roch nach Fisch, nach altem Öl, nach menschlichem Elend. Um ihn herum schwiegen die Männer, Muyal jammerte leise, Cusi schlief. Jeder von ihnen kämpfte seinen eigenen Krieg mit dem Meer und den Wellen. Einer fluchte leise, ein anderer betete zu einem Gott, egal welcher es war, wenn er nur helfen wollte. Xul versuchte zu singen, um die Angst zu verscheuchen.

Pixan hielt sich an der Reling fest, wie an einem Lebensfaden. Das Salz brannte auf seinen Lippen. In seinem Inneren tobte das Meer weiter, auch wenn seine Füße das Holz berührten.

Irgendwo hinter dem nächsten Brecher war Land ... vielleicht.

Oder noch ein Tag Ohnmacht.

Oder nichts.

In den folgenden Tagen begann sich die Stimmung langsam zu wandeln. Die Übelkeit schwand. Die anfängliche Verzweiflung machte einer vorsichtigen Hoffnung Platz, und obwohl die Reise noch lange und gefährlich sein würde, hatte die Crew jetzt einen Plan und ein Ziel. In der Gemeinschaft, die sie geschmiedet hatten, fanden sie einen neuen Mut und die Entschlossenheit, die Weiten des Ozeans nicht als Feinde, sondern als Herausforderungen zu betrachten, die es gemeinsam zu überwinden galt.

Währenddessen, weit zurück in Calakmul, tobte Yuknoom, der mächtige Herrscher, der durch seinen Zorn wie ein ungestümes Meer wogte. Die Nachricht von der Flucht seiner Sklaven hatte ihn wie ein vergifteter Pfeil getroffen, und sein Zorn kannte keine Grenzen. Vor ihm stand General Lanculo und Yuknooms Miene war ebenso hart, wie die Steine des Throns, auf dem er saß.

Mit jeder Silbe, die Yuknoom aussprach, schien sein Zorn zu wachsen, seine Stimme hallte durch den großen Saal wie das Donnern eines nahen Gewitters.

„Was machen die Schiffe, die du zur Verfolgung der verfluchten Sklavenbande losschicken solltest? Treib die Sklaven an. Sie müssen das Schiff für die Verfolgung endlich fertig bekommen. Und wenn der eine oder andere dabei um sein Leben kommt, ist es besser, als wenn sie entfliehen können."

Lanculo, dessen Gesicht kaum eine Regung zeigte, nickte knapp, seine Lippen zu einer dünnen Linie gepresst.

„Großer Yuknoom, ich verstehe und werde deinen Befehlen Folge leisten."

„Dann tue das und kehre nicht zurück, ohne sie", fuhr Yuknoom fort und schwang seinen Arm in einer weiten Geste, die keinen Widerspruch duldete. „Du wirst ihnen sofort mit dem schnellsten Schiff hinterherfahren. Dieser verfluchte Atoc und der vermaledeite Tupac mit seiner Schwester haben das beste meiner Schiffe gestohlen", fügte er wiederholt entkräftet und verzweifelt hinzu.

Lanculo verbeugte sich tief, ein Hauch von Besorgnis in seinen Augen, die jedoch schnell wieder verschwand, ersetzt durch die Entschlossenheit, die Yuknooms Zorn erforderlich machte.

„Es wird geschehen, mein Herr. Ich werde persönlich sicherstellen, dass sie zurückgebracht werden."

Nachdem Lanculo den Saal verlassen hatte, wendete sich Yuknoom seinem nächsten Berater zu, sein Blick wie ein scharfer Speer.

„Informiere die Soldaten. Niemand entkommt mir. Das Meer mag weit sein, aber es ist nicht groß genug, um sich vor meiner Wut zu verstecken. Der Ozean, der so frei und endlos erscheint, wird zum Schauplatz einer gnadenlosen Jagd werden. Lanculo wird ein weiteres seetüchtiges Schiff führen, bereit, bis ans Ende der Welt zu segeln, um die Flüchtigen zurückzuführen."

Auf See

Die Sonne hing tief über den weiten Feldern der Gascogne, als Jean den harten Boden unter seinen nackten Füßen spürte. Er war siebzehn Jahre alt und kannte nichts anderes als das Leben auf dem Hof seines Vaters, das Pflügen der Felder, die Ernte, das Treiben des Viehs und immer wieder fischen im Meer. Doch in diesen Tagen war nichts mehr sicher. Krieg zog durch das Land wie ein Sturm, der alles mit sich riss. Die Franzosen unter Philipp II. kämpften gegen die Engländer, die die Gascogne beherrschten. Raubritter und Söldner zogen plündernd durch die Dörfer, und das Wort „Freiheit" war für einen wie ihn nicht mehr als ein ferner Traum.

„Jean, komm her!", rief sein Vater von der Scheune. Die Stimme klang müde, erschöpft von Jahren harter Arbeit und Sorgen. Jean wischte sich den Schweiß von der Stirn und eilte hinüber. In den vergangenen Wochen war das Leben auf dem Hof schwieriger geworden. Die Steuern waren hoch, die Abgaben erdrückend. Wenn sie nicht zahlten, würden die Wachen kommen und nehmen, was sie wollten. Am Abend saß die Familie um das Feuer. Brot, etwas Käse, eine dünne Suppe – das war ihr Mahl. Die Gespräche drehten sich um Gerüchte: Ein Nachbardorf sei niedergebrannt worden. Ein Tross Ritter sei in der Nähe gesichtet worden. Jean sah seine jüngeren Geschwister an. Sie verstanden die Gefahr bisher nicht. Doch er wusste: Die Gefahr war real.

Würde er entweder an den harten Wintern oder an den Schwertern der Herren zerbrechen?

Wie immer, wenn sein Herz schwer war, ging er an den Strand, zu den Wellen und dem salzigen Duft des Windes.

Die Frühjahrsstürme waren vorüber und es stand die warme Jahreszeit bevor. Vielleicht würde in diesem Jahr etwas geschehen, was sein Leben verändern würde.

Jean wusste nichts von dem Leben anderer Menschen. Er kannte lediglich einige Freunde aus dem Ort und wusste, dass sie die gleichen Fragen quälten wie ihn. Über einen größeren Radius der Welt wusste er nichts. Selbst wenn er tagelang selbstvergessen in einer Höhle am Meeresrand gesessen hätte, so wäre ihm niemals in den Sinn gekommen, dass auf der anderen Seite des Ozeans eine kleine Gruppe von Menschen unter Einsatz ihres Lebens eine veränderte, eine bessere Welt suchen würde. Seine Fantasie reichte nicht aus, dass es einen Atoc, einen Tupac oder eine Cusi geben könnte, die plötzlich in sein Leben stoßen und diesem eine besondere Einzigartigkeit geben würden.

Falls er es sich vorstellen könnte, würde er die kleine Gruppe von Seereisenden sicherlich sehnsüchtig erwarten. Und falls Atoc, Cusi und Tupac auch nur den Hauch einer Ahnung hätten, dass sie in einer kriegszerrütteten Gesellschaft hinter dem Horizont landen würden, wären sie bestimmt verzweifelt. Wollten sie Kampf und Sklaverei und Armut doch gerade entfliehen. Dass es ein weiter Weg war und dass sie von Verfolgern bedroht werden würden, hatten sie ganz gewiss vorausgesehen, jedoch endeten auch hier die Erwartungen.

General Lanculo hatte in großer Eile ein Schiff zur Verfolgung ausgerüstet. Es gab niemanden, der in der Seefahrt erfahren war und deshalb war dieses Schiff genauso spärlich ausgerüstet wie das der Flüchtlinge.

Da jedoch erst vier Tage vergangen waren, in denen Tag und Nacht an dem baugleichen Schiff gewerkelt wurde, war wenigstens die Überlegung von Lanculo richtig, dass dieses Schiff dem anderen über die gleiche Strömung und den gleichen stetigen Wind folgen würde. Der General hatte einen Vorteil: Es waren zwanzig Männer an Bord, die mit Rudern die Geschwindigkeit erhöhen konnten, während das andere Boot nur segelte und trieb. Allerdings nagten an Lanculo die Zweifel, ob er je wieder zurückfinden würde.

Mit fortschreitender Zeit stellten sich unter den unerfahrenen Seeleuten zusätzliche Probleme heraus. Bei forscherem Seegang lernten auch sie die Geißel der Seekrankheit kennen. Es betraf beinahe alle von Lanculos Männern. Hier machte das Gefühl, nur der plötzliche Tod könnte Rettung verschaffen, vor niemandem halt.

Das Wetter verschlechterte sich zunehmend.

Der Wind peitschte über das Deck, die Wellen schlugen gegen den Rumpf des Schiffs. Bald schon merkte jeder, dass der feste Boden unter den Füßen fehlte. Ihnen wurde übel, der Magen drehte sich, und keiner konnte essen. Die Seekrankheit machte keinen Halt vor Stärke oder Mut. Man musste es überstehen oder daran zerbrechen. Die Tage auf dem schwankenden Schiff wurden zur Qual. Doch mit der Zeit gewöhnten sich die Körper an die unaufhörliche Bewegung der See. General Lanculo mit seinen Männern und

Atoc, Tupac, Cusi, Muyal, Balam, Xul, der Gärtner Ikan und der Zimmermann Pixan, alle litten auf die gleiche Weise.

Als der Morgen graute und die ersten Sonnenstrahlen den Horizont in ein feuriges Rot tauchten, stand General Lanculo steif und aufrecht an der Reling seines Schiffs. Die kalte Seeluft peitschte sein Gesicht und gab der Szenerie einen Hauch von Unheil, das in dieser entscheidenden Stunde so greifbar war. Lanculo, ein Mann von eiserner Disziplin, hatte sich das Verfolgen zur Lebensaufgabe gemacht und war nun von der bitteren Ironie des Schicksals getrieben, es aufgeben zu müssen.

Nirgendwo war die Silhouette des flüchtenden Schiffs zu erkennen. Das eigene Schiff hingegen war gebeutelt von dem unablässigen Angriff der Naturgewalten und den unerfahrenen Händen seiner Besatzung, die teilweise mehr mit ihrer eigenen Seekrankheit kämpften, als dass sie eine Hilfe waren. Jeder Wellengang, jede Böe fühlte sich an wie ein Verrat durch die Götter, die versuchten, eine Verfolgung zu verhindern.

Plötzlich kam eine unerbittliche Wucht, die das Schiff erfasste. Die See wurde zum wilden Tier, das in Zorneswut tobte und deren Wellen wie die Klauen eines gigantischen Ungeheuers auf die Planken des Schiffes schlugen. Männer wurden zu Boden geworfen, Segel rissen, und der Regen peitschte so hart, dass es schien, als wollte er das Holz direkt bis zum Kiel durchdringen.

Unter diesen Umständen kämpften Lanculo und seine Männer nicht mehr nur um die Verfolgung, sondern ums nackte

Überleben. In diesen heftigen Momenten, zwischen dem Grollen des Himmels und dem Zischen der überbordenden Wellen, sah Lanculo sein Ende nahen. Doch der Tod war nicht das, was ihn quälte; es war das unfertige Geschäft, das ihn so weit gebracht hatte.

Als der Sturm nachließ, schwieg für einen Moment alles außer dem müden Keuchen der Männer und dem Knarren des strapazierten Holzes. Lanculo stand auf, seine Augen auf das Meer gerichtet, leer und verloren. Es war der Moment, in dem ihm bewusst wurde, dass er die Verfolgung aufgeben musste. Die Natur hatte entschieden. In dieser Erkenntnis lag eine bittere Ironie, eine Niederlage, die schwerer wog als jede seiner früheren militärischen Auseinandersetzungen.

Langsam, fast feierlich, befahl er den Rückzug. Das Schiff drehte ab, weg von der unwirtlichen See, zurück zu vertrauten Gewässern. General Lanculo hatte das Spiel verloren, das Schicksal hatte seine Pläne durchkreuzt.

Drei Tage vorher hatte Atoc die Insel entdeckt. Die kleine Besatzung hatte sich von den Göttern festen Boden unter den Füßen erfleht und alle entschieden, gemeinsam ein paar Tage Pause an Land zu machen.

 Die Küstenlinie war übersät mit schroffen Felsen und einer dichten Vegetation, die bis zum Rand des Wassers reichte. Atoc war von der natürlichen Schönheit der Insel überwältigt, doch sein Instinkt warnte ihn, dass dieser paradiesische Ort möglicherweise unbekannte Gefahren birgt. Mit einer Mischung aus Entschlossenheit und Vorsicht sicherten sie das Schiff und begaben sich auf eine Erkundung der nahen Umgebung.

Die Luft war feucht und roch nach Salz und verrottendem Seetang. Als sie tiefer in das Innere der Insel vordrangen, veränderte sich die Landschaft dramatisch. Dichter Dschungel ersetzte die offenen Strände, und die Sonnenstrahlen, die durch das dichte Blätterdach brachen, beleuchteten einen Pfad, der von der Natur selbst geformt zu sein schien.

Der Boden unter ihren Füßen war weich, übersät mit gefallenen Blättern, die eine sattgrüne Decke bildeten. Jeder Schritt war begleitet von dem Knirschen und Knacken der Unterlage. Plötzlich erstarrte Atoc. Etwas hatte seine Aufmerksamkeit erregt. Ein leises Rascheln, ein Flüstern zwischen den Blättern, das nicht den üblichen Geräuschen des Waldes entsprach.

Da erblickten sie eine Gruppe einheimischer Stammesangehöriger, die offensichtlich das Eindringen in ihr Territorium bemerkt hatten. Sie waren spärlich bekleidet, bemalt mit Erdfarben, die in der Sonne glänzten, und bewaffnet mit Speeren und anderen zweifellos tödlichen Waffen.

Heimat, ein Wort, das Wärme und Vertrautheit verspricht. Es ist der Ort, an dem man aufgewachsen ist, an dem die Sprache der Kindheit gesprochen wird, wo Landschaften Erinnerungen tragen. Doch Heimat ist nicht immer ein sicherer Hafen. Sie kann sich wandeln, kann bedrohlich werden, wenn politische Unruhen, Kriege, wirtschaftliche Not oder persönliche Verfolgung das Leben untragbar machen.

Plötzlich wird das Vertraute zur Gefahr, das Gewohnte zur Last.

Dann bleibt oft nur die Flucht in eine Fremde, die nicht vertraut ist, die eine neue Sprache, neue Regeln, neue Menschen mit sich bringt und wo man vieles auf Anhieb nicht versteht. Deshalb löst sie manchmal Angst aus. Und doch kann diese Fremde, so ungewohnt sie auch sein mag, zur Rettung werden. Sie kann mit offenen Armen empfangen, Chancen bieten, Schutz gewähren.

Die paradoxe Wahrheit ist, dass die Fremde oft menschlicher sein kann als die Heimat. Wer gezwungen ist zu gehen, findet nicht selten in der Ferne die Gerechtigkeit, die ihm daheim verwehrt wurde. Fremde Menschen zeigen Mitgefühl, wo die eigenen Landsleute abweisen.

Atoc spürte die Spannung in der Luft. Er hob langsam seine Hand in einer universellen Geste des Friedens und sprach mit ruhiger, klarer Stimme, sein Wortlaut sorgfältig gewählt, um keinen Anlass zur Sorge zu geben.

„Wir sind nicht hier, um zu kämpfen", erklärte er. „Wir suchen lediglich nach Nahrung und einem sicheren Hafen, um unsere Kräfte zu sammeln."

Die Sekunden dehnten sich zu einer quälenden Ewigkeit, während Atoc und seine Gefährten abwarteten, herzklopfend und angespannt. Dann, fast unmerklich, nickte einer der Einheimischen, ein stummes Zeichen der Akzeptanz, das jedoch mehr aussagte als tausend Worte. Es war ein Zeichen, Menschen willkommen zu heißen, neue Möglichkeiten zu bieten und Schutz zu gewähren.

Mit vorsichtigen Schritten näherten sich beide Gruppen einander an, getrieben von gegenseitiger Neugier und dem Wunsch nach Verständnis. Sie sahen einander ähnlich, lediglich die Haare trugen sie wesentlich länger und zu einem Zopf gebunden.

Sie luden die kleine Gruppe in ihre Siedlung ein. Wahrscheinlich kamen selten Gäste zu Besuch und so konnte man die Freude an den Gesichtern ablesen. Tupac erklärte wortreich und als Erklärung dessen, was er sagte, mit Händen und Füßen, dass sie aus Uxmal kamen, alle seekrank gewesen waren und eine Pause von einigen wenigen Tagen gut gebrauchen könnten. Als er die Seekrankheit erklärte, lachten einige, die Alten nickten verständig und bedauernd. Ein alter Mann erklärte ebenso mit Händen und Füßen, dass ein Sturm zu erwarten sei. Sie sollten ein paar Tage warten. Damit waren alle einverstanden.

Sie konnten ihre Vorräte auffüllen, insbesondere den Wasservorrat ergänzen.

Als sie erklärten, dass sie weiter auf das Meer hinausfahren würden, dahin „wo die Sonne aufgeht", schüttelten alle Inselbewohner heftig den Kopf und bedeuteten, dass dort nur noch Wasser käme, keine weiteren Inseln, kein größeres Festland, nur noch Wasser und schließlich das Ende der Welt.

Jedoch Atoc hatte eine Beobachtung gemacht. Die Insel war ihnen auf dem Wasser nicht aus großer Entfernung genauso groß erschienen wie dichter dran. Nicht nur die Größe änderte sich. Sondern zunächst war lediglich ein hoher Berg zu sehen gewesen, dann die tieferliegende

Landschaft. Das konnte nur bedeuten, dass die Oberfläche gekrümmt sein muss. Anders war eine solche Erscheinung nicht zu erklären. Da das Wasser jedoch nicht abfloss, sondern genau dort blieb, wo es war, könne das wiederum nur bedeuten, dass die Erde eine Kugel sei, und eine Reise auf dem Meer nicht an einem Rand enden und man nicht in ein endloses Nichts stürzen könne.

„Sondern es kann nur so aussehen, dass hinter dem Horizont wieder Land sein muss."

„Und wenn es die weit entfernte Rückseite des Landes ist, von dem wir stammen", ergänzte Tupac begeistert.

Ihre Gefährten sahen sie ungläubig mit offenem Mund an. Die Inselbewohner verstanden ohnehin von der Sprache kein Wort.

Tatsächlich verschlechterte sich wie vorhergesagt zwei Tage später das Wetter und es entwickelte sich ein heftiger Sturm. General Lanculo hatte kein Glück, er fand keine Insel mit derart freundlichen Bewohnern, erkannte jedoch die große Gefahr der aufgewühlten See und kehrte nach acht Tagen wieder um, machte also keine Pause auf der rettenden Insel und konnte deshalb nicht bemerken, dass er seine Aufgabe um Haaresbreite hätte erfüllen können.

Wäre er nicht so in Eile gewesen, und hätte er vielleicht freundliche Einwohner angetroffen, so hätten sie ihm auch ein probates Mittel aus Ingwerwurzeln und einer Baumrinde gegen die Seekrankheit empfehlen können. So trennten sich nicht nur die Wege von General Lanculo und Atoc, Tupac, Cusi und den anderen Gefährten, sondern die einen litten weiter die Qualen der nicht enden wollenden Übelkeit auf See, während die anderen davon befreit waren.

Durst

Wassermangel auf dem Meer ist eine der grausamsten Erfahrungen, die ein Mensch machen kann. Er raubt nicht nur die Kraft, sondern auch den Verstand. Die endlose Weite des Ozeans, das Glitzern der Wellen, das sonst so schön erscheint, wird zur tödlichen Falle.

Die Sonne stand brennend über ihnen, als sie langsam begannen, den letzten Rest des Wassers untereinander aufzuteilen.

Atoc, Tupac und alle anderen Gefährten hatten gemeinsam auf dieses Schiff gefunden, in der Hoffnung auf Freiheit. Doch nun wurde ihnen bewusst, dass der Tod auf dem offenen Meer ebenso grausam sein konnte wie die Peitsche der Sklavenhalter.

Am ersten Tag, als das Wasser knapp wurde, verspürten sie nur ein leichtes Brennen in der Kehle. Ihre Lippen wurden spröd, und jeder Schluck war ein kostbarer Moment der Erleichterung. Sie rationierten, versuchten, so wenig wie möglich zu trinken. Doch schon bald schlich sich ein nagender Durst ein, der sich nicht mehr ignorieren ließ.

Der zweite Tag brachte Kopfschmerzen und einen lähmenden Schwindel mit sich. Xul und Tupac wurden schweigsam, während Balam unruhig hin und her wanderte. Ihre Gedanken wurden träge, das Sprechen fiel schwer. Jeder Gedanke drehte sich nur noch um Wasser. Die Wellen um sie herum funkelten verführerisch, doch sie wussten, dass das Meerwasser ihr sicherer Untergang wäre. Trotzdem wuchs die Versuchung mit jeder Stunde. Ikan, der schweigsame Gärtner, hatte es am schwersten. Sein alter Körper konnte den Wassermangel am wenigsten aushalten. Er japste und wälzte sich verzweifelt auf dem Schiffsboden.

Am dritten Tag begann das Delirium. Atoc sprach von Regen, der nicht existierte. Xul behauptete, eine Flussmündung am Horizont erkennen zu können. Alle starrten dorthin, doch da war nichts als die unerbittliche Weite des Ozeans. Ihre Zungen wurden schwer, ihre Kehlen brannten. Die Kraft schwand mit jedem Atemzug. Der Hunger war längst verschwunden, geblieben war nur noch die unbändige Gier nach Wasser.

Dann, in ihrer Verzweiflung, begann einer von ihnen – es ließ sich nicht mehr sagen, wer – über das Trinken des Meereswassers nachzudenken.

„Ein kleiner Schluck kann nicht schaden", murmelte Tupac mit ausdruckslosem Blick. Doch die anderen hielten ihn zurück. Sie wussten, was geschehen würde. Sie hatten die Geschichten gehört: Erbrechen, Wahnsinn, schneller Tod. Aber wie lange würden sie noch widerstehen können?

Am vierten Tag fielen Ikan und Balam in eine Starre. Beide saßen nur noch da, bewegten sich nicht mehr, sprachen nicht mehr. Ikans Haut war trocken, seine Augen halb geschlossen. Plötzlich sprang er auf, schrie etwas Unverständliches, bäumte sich noch einmal auf und sprang kopfüber in das Wasser. Kaum jemand nahm Notiz davon. Alle waren vollkommen entkräftet. Pixan war der Einzige, der sich erhob, er schaute über die Bordwand, rief Ikan hinterher, er solle umkehren. Aber der Warnruf war nur ein

Krächzen. Pixan sah, wie Ikan noch einige Bewegungen über Wasser tat und dann plötzlich versank.

„Ikan ist ertrunken", rief er mit matter Stimme den anderen zu. Jedoch die hörten nichts mehr.

Tupac warf sich plötzlich auf den Boden und begann, mit einer unsichtbaren Gestalt zu sprechen. Die Grenze zwischen Traum und Wirklichkeit verschwamm. Das Wasser in ihren Fässern war längst aufgebraucht. Die Sonne stand erbarmungslos über ihnen, ihre Körper waren ausgelaugt. Alles, was blieb, war das Hoffen – auf Regen, auf Rettung, auf ein Wunder.

Wenn der Durst nicht bald gestillt wurde, würden sie einer nach dem anderen diesem Meer genau wie Ikan zum Opfer fallen. Vielleicht hörten die Götter ihre Gebete, vielleicht nicht. Doch in diesem Moment zählte nur eines: Überleben. Die Nacht war sternenklar, doch das Licht der Gestirne bot keine Rettung. Jeder Atemzug fiel schwer, als hätte die Luft selbst sich gegen sie verschworen. Alle dösten in einem Zustand zwischen Schlaf und Bewusstlosigkeit, von Fieberträumen geplagt. Dann, in der blassgrauen Morgendämmerung, kam die Veränderung.

Cusi blinzelte gegen das fahle Licht und sah zuerst nichts als das endlose Auf und Ab der Wellen. Doch dann ... eine dunkle Silhouette am Horizont. Ein Schatten, unnatürlich fest und unbeweglich inmitten des schwankenden Wassers. Ihr Herz schlug schneller. War dies wieder eine Halluzination? Ein Trugbild, geboren aus Verzweiflung und Durst? Sie rüttelte an Muyal, die eng neben ihr lag. Sie hob müde den Kopf.

Mit letzter Kraft stieß sie Atoc an, der benommen aufsah. Dann folgte sein Blick dem ausgestreckten Finger, und plötzlich war da ein Blitz in seinen Augen – Hoffnung, echt und greifbar. Land!

Mit einem letzten, fieberhaften Funken an Energie rüttelten sie die anderen wach, um sie an dieser unglaublichen Wendung zu beteiligen. Tupac starrte lange, als könne er nicht glauben, was er sah. Balam schien es erst gar nicht zu begreifen. Doch dann wurde die Wahrheit unbestreitbar: Vor ihnen ragten dunkle Klippen auf, und dahinter leuchtete das Grün der Wälder.

Der Wind frischte auf, und mit ihm kam der Duft von feuchter Erde, von Leben. Die Strömung trug ihr erschöpftes Schiff träge näher an die Küste. Es war ein qualvoller, langsamer Prozess, doch das Land wurde deutlicher, fester, realer mit jeder Welle.

Dann hörten sie Stimmen. Rufe. Menschen.

Von der Küste aus waren Fischer in einfachen Booten auf sie aufmerksam geworden. Ruder tauchten ins Wasser, ein rhythmisches Plätschern hallte über den Wellen. Die Männer, wettergegerbt und misstrauisch, näherten sich. Als sie sahen, in welchem Zustand die Schiffbrüchigen waren, ließ das Misstrauen nach. Die Männer schafften sie sofort an den Strand.

Dann gaben die Körper der bedauernswerten Schiffbrüchigen nach. Sie sanken auf den nassen Sand, ließen sich fallen, ließen das Zittern kommen, das Erschöpfung, Erleichterung und pure Dankbarkeit mit sich brachte. Sie waren gerettet.

Azula war eine Tochter der Inseln – geboren zwischen wilden Klippen und dem endlosen Horizont des Ozeans. Ihr Haar fiel in dunklen, salzgetränkten Strähnen über ihre Schultern, und ihre Haut trug die warme Bräune eines Lebens unter der offenen Sonne. Ihre Augen waren wie die Tiefen des Atlantiks, blau, gleichzeitig dunkel und unergründlich, mit einem Glanz, der sowohl Neugier als auch Vorsicht verriet.

Azula hatte schon als Kind auf den Klippen gestanden und hinaus auf das Meer geblickt. Der Wind spielte in ihrem Haar, und die Wellen riefen ihr zu, als wollten sie ihre Geheimnisse zuflüstern. Sie sah die Sonne am Horizont versinken und fragte sich, was dahinter lag. Waren dort andere Inseln? Gab es Menschen, die anders lebten, andere Sprachen kannten, von anderen Göttern erzählten?

Die alten Männer im Dorf lachten, wenn sie davon sprach. „Das Meer gibt, und das Meer nimmt", sagten sie. „Aber es zeigt nichts, was nicht für dich bestimmt ist." Doch Azula glaubte nicht daran. Das Meer war kein Gefängnis. Es war ein Weg.

Sie hörte die Geschichten der Fischer im Hafen. Sie sprachen von Ländern, in denen die Sonne anders schien, von Gewürzen, die auf der Zunge brannten, von Vögeln, die sprachen wie Menschen. Sie hörte von Stürmen, die ganze Schiffe verschlangen, und von Inseln, die niemals jemand wiedergefunden hatte. Niemals ist jemand anderes auf der Insel gewesen; jedenfalls nicht, solange sie lebte. Woher kannten die Fischer diese anderen Welten? Hatten sie sich es alles nur ausgedacht? Hirngespinste?

Als Kind hatte sie Muscheln gesammelt, als könnte sie darin die Stimmen fremder Küsten hören.

Sie wollte wissen, wo der Wind begann, wo die Wellen endeten. Sie wollte den Horizont nicht nur betrachten. Sie wollte ihn überqueren.

Offensichtlich war es möglich. Woher sollten sonst die Fremden kommen?

Sie wuchs zwischen den Fischern auf, lernte früh, die Strömungen zu lesen und das Wetter an der Farbe des Himmels zu erkennen. Ihre Hände waren geschickt mit Netzen, aber noch geschickter war sie mit Worten. Sie konnte mit einem Blick überzeugen oder mit einem einzigen Satz jemanden zum Schweigen bringen. Sie sprach wenig, doch wenn sie es tat, hörten die Leute zu.

Azula war keine Frau, die sich dem Schicksal ergab. Sie wusste, dass der Ozean nimmt und gibt, dass der Wind Flüstern und Schreie gleichermaßen trägt. Und so war sie weder hart noch weich, sondern wie das Wasser selbst – anpassungsfähig, aber unaufhaltsam.

Als die Schiffbrüchigen gefunden wurden, war sie die Erste, die sah, dass sie noch am Leben waren. Während die Männer unschlüssig berieten, was sie tun sollten, nahm Azula eine Schale mit Wasser, kniete sich zu dem ersten der Überlebenden und hob seinen Kopf an. Ihre Stimme war leise, doch in der Stille des Morgens trug sie weit.

„Trink." Sie reichte ihm eine Trinkschale.

Und Pixan trank.

Er zitterte, als er sie nahm. Das Wasser war kühl, frisch. Der erste Schluck brannte in seiner ausgetrockneten Kehle, aber es war das Süßeste, das er je gekostet hatte. Tupac und Xul folgten, während Balam zu schwach war, um selbst zu trinken – die Fischer mussten ihm helfen.

Doch die Reise war noch nicht zu Ende. Das ahnte auch Azula, als sie die Gestrandeten betrachtete und einen Augenblick nachgedacht hatte, wo sie wohl herkommen mochten.

Azula stand auf. Der Wind fuhr ihr durchs Haar. Sie sah aufs Meer hinaus. In ihren Augen lag das Wissen, dass das Meer heute etwas gegeben hatte. Aber sie wusste auch, dass es vielleicht schon morgen wieder fortnehmen konnte. Der Horizont lag still und unerreichbar in der Ferne. Aber sie wusste, sie würde ihn eines Tages überqueren.

Sie sah Pixan mit offenen, blauen Augen an.

„Vielleicht schon sehr bald", murmelte sie ganz still.

Pixan sah sie verträumt an. Er hatte das Gefühl, in das Gesicht der Göttin des Wassers und der Fruchtbarkeit Ixchel zu blicken. Er sah, wie sie die Lippen bewegte, es sah aus, als ob sie Zwiesprache mit den Göttern hielt.

Während Pixan seine Lebensgeister zwang, wieder zu erwachen, murmelte sie weitere Worte, die er nicht verstand.

„Ihr werdet euch hier ausruhen und erholen. Nach der Zeit der Stürme könnt ihr weiterfahren. In dieser Zeit werde ich dich meine Sprache lehren. Du bist ein Mann und ich werde dich zu meinem Mann machen. Auf deiner weiteren Reise werde ich dich begleiten".

Sie lächelte ihn an. Sein Herz tat einen Sprung.

Die Wellen rollten müde heran, platschten leblos gegen die sandige Küste und zogen sich dann resigniert zurück, als wäre es ihnen gleich, ob sie etwas bewirkten oder nicht. Der sandige Boden, ein leuchtendes Weiß, war mit all dem, was das Meer nicht mehr haben wollte, übersät, Treibholz, Seetang, zerkleinerte Muscheln. Nichts, das wirklich wertvoll war.

Azula beobachtete Pixan. Er war noch schwach, aber er lebte. Das Wasser hatte ihn nicht genommen. Der Ozean hatte ihn hergebracht. Vielleicht war das ein Zeichen.

Die Männer würden sagen, er sei ein Fremder. Dass er nicht hierher gehörte. Doch wer gehörte schon hierher? Sie selber vielleicht auch nicht. Ihre Inseln waren klein, das Meer weit. Die Wellen brachten Dinge und nahmen Dinge mit sich. Manche blieben. Manche verschwanden. Vor Jahren waren sie selbst angespült worden und geblieben.

Pixan war stark. Sie hatte es gesehen, als er den Becher hielt, seine Hände zitternd, aber entschlossen. Er hatte überlebt. Vielleicht war das genug.

Eine Verbindung mit ihm würde nicht einfach sein. Er sprach anders, dachte anders. Aber das bedeutete nichts. Er war ein Mann, sie eine Frau. Aber sie wollte mehr als das. Mehr als einen Mann, der fischen oder Netze flicken konnte. Sie wollte einen, der sah, was sie sah. Der den Horizont betrachtete und in ihm nicht nur das Ende der Welt sah, sondern eine Einladung. Es war egal, was andere ihr vorhielten. Sie würde mit ihm die Insel verlassen.

Sie musste es klug anstellen. Nicht überstürzt. Die Alten waren misstrauisch, und ihre Familie war stolz. Sie würden dafür sorgen, dass sie blieb. Es gab für eine Heirat

schließlich andere, eigene Kandidaten. Sie musste Pixan klarmachen, dass er der Einzige, der Auserwählte war.
So würde die Verbindung selbstverständlich sein.
Azula ließ den Blick über das Meer schweifen. Pixan hatte überlebt. Nun musste er beweisen, dass er leben konnte.

Sprache

Azula beobachtete Pixan. Er verstand ihre Sprache nicht, doch sie wusste, dass Worte nicht alles waren. Man konnte sehen, hören, berühren und lernen.

Jeden Tag, wenn die Sonne hinter den Klippen Aufstieg und das Licht über die Wellen tanzte, begann Azula mit Pixans Unterricht. Es war keine Sprache, die sie mit Schrift oder Regeln lehrte – es war eine Sprache, die er mit den Sinnen begreifen musste, so wie ein Kind die Welt lernt.

Sie führte ihn zum Ufer, wo das Meer in endloser Bewegung war, rauschend, grollend, lebendig. Sie zeigte darauf, ließ die Gischt über ihre Füße spülen, und sprach mit ruhiger Stimme:

„Haf."

Pixan sah erst sie an, dann das Meer. Seine Lippen formten das Wort vorsichtig, noch ungewohnt, noch fremd.

„Haf."

Azula nickte. Zufrieden.

Sie hob den Blick, deutete auf den Himmel, der sich weit und grenzenlos über ihnen erstreckte. Ein Ort, den kein Mensch betreten konnte, ein Geheimnis, das über ihnen lag.

„Himinn."

Pixan folgte ihrer Bewegung, sah die endlose Weite über ihnen, fühlte das Wort auf seiner Zunge.

„Himinn."

So ging es weiter. Stück für Stück öffnete sie ihm die Welt, gab den Dingen Namen, die er bereits kannte, aber nun in einer Sprache, die zu seiner neuen Heimat werden konnte.

Sie bückte sich, hob eine Muschel auf, ließ ihre Finger sanft über die raue, vom Meer geschliffene Oberfläche gleiten und hielt sie ihm hin.

„Skel."

Pixan nahm die Muschel, drehte sie zwischen den Fingern, fühlte ihre Form, ihre Härte, ihr Gewicht.

„Skel."

Azula legte seine Hand auf ihren Arm, ließ ihn die Wärme ihrer Haut spüren, die unter der Sonne dunkel geworden war.

„Húð."

Er zögerte kurz, dann wiederholte er leise:

„Húð."

Azula lächelte, denn er hatte es verstanden.

Es gab keine Eile. Keine Bücher. Keine endlosen Erklärungen. Nur die Welt um sie herum, die Dinge, die sie berühren, sehen, riechen konnten.

Eines Tages, als der Wind auffrischte und die Fischer ihre Netze ins Boot luden, führte sie Pixan zum Feuer. Die Flammen züngelten an trockenem Holz, knackten, knisterten, warfen einen warmen Schein auf ihre Gesichter.

Azula streckte die Hand aus, spürte die Hitze.

„Eldr."

Pixan zögerte dieses Mal nicht.

„Eldr."

Sein Blick lag auf den Flammen, und sie wusste, dass er nicht nur das Wort wiederholte, sondern es begriff.

So vergingen die Tage, wurden zu Wochen. Anfangs waren seine Sätze einfach, ungelenk. Doch er lernte. Und eines Morgens, als das Licht der Sonne das Haf golden färbte, sah Azula ihn an und hörte, wie er sprach.

Nicht mehr in seiner Sprache. Sondern in ihrer.

Sie küsste ihn.

Azula lächelte. Der Horizont, der einst so fern schien, war ein Stück näher gerückt.

Immer wieder hatten Atoc, Tupac und Cusi darüber gesprochen, wie es weitergehen sollte. Die Leute auf der Insel waren freundlich und es hatte den Eindruck, als würde es nicht mehr lange dauern, dann würden sie ein Teil des Inselvolkes werden. Ein Fischer hatte auch schon sehr deutlich ein Auge auf Muyal geworfen. Muyal lernte bereits die fremde Sprache, genau wie Pixan. Als Atoc und Cusi bemerkten, wie schnell Pixan Fortschritte machte, begannen sie auch aktiver, sich mit der Sprache der Insulaner zu beschäftigen. Lediglich Xul hatte überhaupt kein Interesse daran. Er war mittlerweile auch raubeiniger geworden, sprach abfällig über die Fischer. So wurde er langsam ein griesgrämiger Außenseiter. Er eckte an. Das fiel auf; unangenehm auf.

„Das Wetter wird besser, das Meer ist nicht mehr so aufgewühlt und es wird deutlich wärmer. Lasst uns die Vorbereitung zur Weiterfahrt treffen", meinte Atoc eines Tages, als sie am Meer zusammensaßen und den Wellen lauschten.

Tupac und Cusi nickten. Xul behielt seine Meinung für sich. Pixan war gespalten. Er hatte gerade seine Liebe zu Azula entdeckt und verspürte keine Regung, ihr den Rücken zuzuwenden und die Insel zu verlassen. Auf die Idee, sie zu fragen, ob sie mitkommen würde, war er bisher noch nicht gekommen.

„Ich habe das Schiff inspiziert. Es hat keinen Muschelbefall mehr, die Wasserfässer sind sauber geschrubbt und das Segel ist noch gut in Ordnung,", meinte er, etwas gequält.

„Was ist los?", fragte Atoc.

„Weißt du ... meine Situation hat sich verändert", er wurde rot, „Azula und ich ...", er unterbrach sich. Atoc sprach für ihn:

„Ich habe dich heute Morgen aus ihrer Hütte kommen sehen. Ihr hattet eine gemeinsame Nacht. Das ist wohl niemandem auf der Insel entgangen."

„Und nun planst du hierzubleiben?", fragte Cusi ganz offen. Pixan schaute verlegen drein.

„Wissen wir denn genau, was auf uns zukommt? Wir sind jetzt vor einem Jahr gestartet und noch immer geht der Ozean weiter. Es ist kein wirkliches Ende in Sicht."

„Aber umkehren können wir nicht. Wir wären auf der letzten Etappe bereits beinahe verdurstet", meldete sich Balam.

Pixan schaute unsicher auf das weit ausgedehnte, endlos erscheinende Meer hinaus. Die Salzlüfte wehten sanft und die Wellen kräuselten sich beim Anblick des Horizonts, doch all dies konnte seine sorgenvolle Miene nicht verändern. Seine Gedanken waren bei Azula, deren Liebe er unerwartet offensichtlich gewonnen hatte, und bei dem ungewissen Schicksal, das ihn und seine Gefährten erwartete, wenn sie die Insel verließen.

„Sicher, das Schiff ist bereit, aber sind wir es auch?", murmelte Pixan mehr zu sich selbst als zu seinen Begleitern. Der Gedanke, Azula zurückzulassen oder sie der unsicheren Zukunft der Reise auszusetzen, lastete schwer auf seinem Herzen. Die Entscheidung, auf dem Meer weiterzusuchen, schien mit jedem Tag düsterer.

Atoc trat neben ihn und legte eine Hand auf seine Schulter. „Ich verstehe deine Sorgen, Pixan. Aber wir können nicht ewig hier bleiben. Wir müssen weiterziehen, die Antworten suchen, die wir brauchen."

Pixan konnte ein bitteres Lachen nicht unterdrücken. „Antworten? Glaubst du wirklich, dass es da draußen Antworten gibt? Oder nur mehr Meer, mehr Unsicherheit, mehr … Endlosigkeit? Vielleicht ist diese Insel das Beste, was uns je passieren wird."

Der Wind trug die Worte davon, und ein Gefühl der Resignation senkte sich über die Gruppe. Cusi, immer die Pragmatische, nickte langsam.

„Vielleicht hast du recht, Pixan. Aber Atoc hat auch nicht unrecht. Wir können nicht zu den Ruinen unseres vorigen Lebens zurückkehren. Vorwärts ist unsere einzige Richtung."

Die Sonne begann, sich ihrem tiefsten Punkt zuzuneigen, und warf ein glühendes Licht über die Wasserfläche. Es war, als ob das Meer selbst sie vorwärtstrieb, in eine Zukunft, die ebenso ungewiss wie unausweichlich war.

Xul, der bisher geschwiegen hatte, brach endlich sein Schweigen. Seine Worte trugen eine raue Wahrheit in sich. „Wir haben Heimat, Familien, Leben hinter uns gelassen. Vor uns liegt vielleicht nichts außer Schwierigkeiten und

Enttäuschungen. Aber zurück können wir nicht. Das Meer ist unbarmherzig, und das Land ebenso."

Als die Nacht hereinbrach, war keine Entscheidung getroffen, keine Route festgelegt. Die Gruppe saß schweigend am Strand, jeder verloren in seinen eigenen düsteren Gedanken über das, was kommen mochte. Der Ozean vor ihnen schien endlos und unberechenbar, ein Spiegel ihrer eigenen tiefen Unsicherheit und Furcht.

Es dämmerte bereits merklich, als sich aus dem Halbdunkel plötzlich Azula löste und sich zu der Gruppe am Strand setzte. Sie hatte einiges verstanden. Auch sie hatte von Pixan von der fremden Sprache gelernt und im Kontext der trüben Stimmung geahnt, dass eine Weiterfahrt vielleicht infrage stand.

Sie beobachtete in den vergangenen Tagen die Gruppe genau und nahm eine diffuse Unruhe wahr. Sie drifteten auseinander. Normalerweise konnte ihr das egal sein, in diesem Fall brauchte sie jedoch den Zusammenhalt, denn allein konnte sie ihren Plan, die Insel zu verlassen, nicht durchführen.

Azula musste handeln. Sie wollte auf jeden Fall fort von der Insel und eine solche Gelegenheit, mit einem so großen Boot sicher über die Wellen zu gleiten, kam wahrscheinlich nie wieder. Jedenfalls schien ihr das Boot sicher und solide. Fast schon Panik, dass aus ihrem Plan nichts werden könnte, ließ ihren Puls schneller schlagen. Sie musste jetzt klug handeln, um die anderen zu überzeugen, dass ein Ziel, ein Festland, nicht mehr weit sei.

Azula setzte sich mit einer ansteckenden Energie zur Gruppe. Ihre Augen funkelten leicht. Ihre Stimme war sanft, doch in jedem ihrer Worte lag eine unermüdliche Entschlossenheit.

„Ihr wisst bestimmt von Pixan und mir. Ich liebe ihn." Es machte ihr nichts aus, so zu sprechen, hatte sie doch ein klares Ziel vor Augen. Vorsichtig fuhr sie fort:

„Ich weiß, die letzte Zeit war schwierig und die Ungewissheit lastet schwer auf euren Schultern. Pixan und ich könnten auf dieser Insel unser Leben haben. Ein guter Zimmermann wird hier immer gebraucht. Jedoch weiß ich, was ihn bewegt hat, diese Reise anzutreten. Ich möchte ihm nicht im Wege stehen. Vielleicht haben uns die Götter zusammengeführt. Ihr dürft den Mut nicht verlieren. Ihr habt schon so viel gewagt. Ich habe in den Sternen und im Wind eine Botschaft gelesen." Sie machte eine kurze Pause, überzeugte sich davon, dass sie die Aufmerksamkeit aller hatte.

Auf der Insel um sie herum verstärkte das sanfte Rauschen der Wellen ihre Worte.

„Das Meer, so unendlich es auch scheint, verspricht uns Freiheit und eine neue Heimat. Dieses Boot", sie deutete auf die solide Struktur des Schiffes, das nun im aufgehenden Mondlicht sanft auf den Wellen wippte, „ist unser Schlüssel zu neuen Ufern. Wir haben die notwendige Kraft und den Verstand, um uns durch die Wellen zu kämpfen." Sie sprach plötzlich von „wir", als ob sie schon dazugehörte, und bevor jemand eine unangenehme Frage stellen konnte, ergänzte sie theatralisch:

„Ich würde euch als die Gefährtin von Pixan gerne begleiten. Eine sanfte Brise strich durch ihr Haar, als sie aufstand und ihre Arme ausbreitete, als wollte sie die ganze Welt umarmen. „Stellen wir uns vor, wie das Land dort draußen aussieht. Grüne Wälder, weit und groß, fruchtbares Land, das nur darauf wartet, von uns entdeckt und gehegt zu werden. Menschen, vielleicht nicht unähnlich uns, die auf neue Freundschaften warten. Ein neuer Anfang, eine neue Geschichte warten auf uns."

Azula sah in die Runde. Ihre Worte hatten es wundersamerweise geschafft, eine neue Wärme und Zuversicht in die Gruppe zu bringen. Sie schloss mit einem strahlenden Lächeln ab.

„Lasst uns den Horizont erweitern. Ich glaube fest daran, dass alles, was wir brauchen, der Glaube an uns selbst und viel Mut ist. Sind wir bereit, zusammen dieses Risiko einzugehen und die Segel zu setzen?"

Azula war eine kluge Frau. Das merkten alle, die ihr zuhörten.

Ihre Worte hallten in der klaren Nacht und auch in den nächsten Tagen nach, und eine spürbare Veränderung schien durch die Gruppe zu gehen. Ein neuer Funke von Hoffnung und Abenteuerlust hatte ihre Herzen entfacht. Die Angst vor dem Unbekannten wich langsam einer optimistischen Neugierde und vielleicht sogar der Vorfreude auf das, was kommen mag.

„Du willst fort?", fragte Reike der Fischer. Er war einer der ältesten, fuhr jedoch immer noch hinaus. Er kannte die richtigen Stellen und war auch deshalb hoch angesehen.

Reike war eine Gestalt, die den herben Charme des Meeres um ihn herum widerspiegelte. Seine Augen, tiefblau wie der Ozean in einer klaren Sommernacht, hatten unzählige Sonnenauf- und Sonnenuntergänge über den endlosen Wassern beobachtet. Die Falten auf seinem wettergegerbten Gesicht erzählten Geschichten von stürmischen Nächten und ruhigen Morgendämmerungen, von harten Arbeitstagen und den anstrengenden Arbeiten immer am Rande des Lebens, die nur das Meer bieten kann.

„Azula, ich möchte es dir verbieten, gleichzeitig weiß ich, dass ich es nicht kann. Pixan ist ein guter Mann, davon bin ich überzeugt. Nicht überzeugt bin ich, dass ihr ein Land zum Leben finden werdet in dieser Wasserwüste dort draußen. Das kann jedoch auch daran liegen, dass ich noch nie eines gesehen habe."

Reike hatte sie aufwachsen sehen. Früher einmal hatte er sie geliebt, so wie ein Mann eine Frau liebt, jedoch er war viel zu alt für sie. Er hatte ihr von seiner Liebe nie etwas erzählt, und sie hielt seine Zuneigung lediglich für eine Art der väterlichen Liebe ähnlich.

„Ich werde mich nicht gegen dich stellen. Fahre mit den Fremden und werde mit Pixan glücklich."

Etwas zerrte in ihr, als er das sagte. Wenn sie ihn wenigstens ansatzweise so geliebt hätte wie er sie, hätte sie ihn jetzt aufklären können, dass sie Pixan lediglich benötigte, um diese Inseln verlassen zu können. Aber sie ließ ihn unwissend und teilte ihre Gefühle nicht. Das tat sie nie und war recht erfolgreich damit. Andere würden es gefühlskalt nennen, wieder andere eine gelungene Überlebensstrategie.

Frauen hatten es schwer in dieser rauen Welt. Eigene Vorstellungen konnten sie kaum entwickeln. Wenn sie sich an einen Mann banden, bestand eine gewisse Chance, auf das Leben einzuwirken. Und am Beginn einer solchen Bindung war es am einfachsten – da waren die Männer noch vernebelt.

Eine Woche später stachen sie wieder in See, vollgepackt mit Wasser und Nahrung und Hoffnungen. Es waren die Azoren, die sie verließen, als der Meeresstrom sie aufnahm und der Westwind vor sich her auf die Küste der Gascogne zutrieb. Noch sahen sie lediglich den Horizont, jedoch dahinter wartete ein Land in Aufruhr, dem ihren sehr ähnlich.

In den dunklen Tagen des frühen 13. Jahrhunderts, von 1202 bis 1204, erlebte Johann, ein Herrscher, dessen Schicksal es war, sowohl von Feinden umringt als auch von Verbündeten verraten zu werden, eine bittere Niederlage. Es war nicht nur die Normandie, die aus seinen Händen glitt; Anjou, Maine, und die Grafschaften Aire und Dax mit dem Grafen Langbèrre folgten bald in einem Dominoeffekt des Verrats. Adlige wechselten die Seiten, gelockt vom mächtigen Philipp II. von Frankreich, dessen Versprechen von Macht und Einfluss unwiderstehlich waren.

Als Johanns Mutter, Eleonore, eine Frau von unbeugsamem Geist und Herzogin von Aquitanien aus eigenem Recht, am 1. April 1204 das Zeitliche segnete, brach eine Welle der Treulosigkeit über die Barone der Gascogne herein. Viele von ihnen neigten ihre Köpfe vor Philipp II., der im August triumphierend in Poitiers einzog. Nur einige mutige Seelen in Poitou und La Rochelle, unter der entschlossenen Verteidigung von Elias von Malmort, dem Erzbischof von Bordeaux, hielten die Stellung für Johann.

Doch die Verluste in der Normandie wirkten weiterhin wie ein dunkler Schatten, der die anglonormannischen Barone überschattete. Diese Adligen, die über Land in der Normandie herrschten, fürchteten um ihren Besitz, da Philipp II. den Lehenseid forderte. Johann jedoch, der einst ihre Loyalität besungen hatte, drohte, sie als Verräter zu behandeln, sollten sie schwören. Ein qualvolles Dilemma, das viele durch

Zahlungen zu verzögern suchten. Aber Philipp II., unnachgiebig in seinem Streben, setzte ein allgemeines Dekret durch, das die Ländereien jener Adligen beschlagnahmte, die sich weigerten, zurückzukehren. Als Antwort verfügte Johann Handlungen gegen diejenigen, die Philipp die Treue schworen, was nur die Spirale von Misstrauen und Verrat weiter vertiefte.

Am Meereshorizont tauchte im Rot der untergehenden Sonne ein kleines, jedoch offenbar gut seetüchtiges Schiff auf. An Bord herrschte allerhöchste Aufregung. Alle Blicke waren nach vorn gerichtet ab dem Augenblick, als Tupac aus seiner Position am Bug im aufkommenden Nebel eine große Landmasse entdeckt zu haben glaubte.

„Du täuschst dich", zweifelte Atoc. „Das ist nichts, nur Gespenster im Nebel." Und Tupac nahm es hin.

Im selben Augenblick verschwand hinter dem Horizont landeinwärts ein Trupp von etwa zehn Reitern. Es waren mäßig bewaffnete Männer, die einen Versuch gewagt hatten, das kleine Dorf an der Küste zu überfallen, in dem Jeans Familie ein begrenztes Anwesen bewohnte. Die Männer gehörten zum Grafen Langbèrre, waren von Schlachten gezeichnet und nach vielen langen Kämpfen erschöpft und hungrig. Sie erhofften sich eine leichte Beute auf dem Rückweg zu ihren Familien in Saint Sever, Air und Dax. Sie hatten keinen Erfolg und wurden von den sehr wehrhaften Dorfbewohnern vertrieben. Zwei der Berittenen wurden erschlagen, daraufhin ergriffen die restlichen die Flucht.

In der aufkommenden Dunkelheit entschwanden das Schiff auf See, als auch die Häuser an Land eventueller gegenseitiger Blicke.

Der frühe Morgen deutete durch einen herrlich friedlichen Sonnenaufgang, kaum ein Lüftchen und lediglich kleine Wellen am Strand, einen sonnigen Tag an. Ein wenig Dunst noch über dem Meer begrenzte den Blick.

Wie so oft in seinem bisherigen Leben saß Jean dicht am Wasser, die Sonne hinter sich, und blickte auf das weite Meer. Der Himmel färbte sich gerade von einem blassen Blau in eine immer dunklere blaue Farbe. Die Sonne beschien das Wasser aus dem Hintergrund wie eine Theaterbühne, bevor der erste Akt begann.

Bisweilen kamen Fahrensleute vorbei und einer der Schausteller hatte einmal eine Bühne beschrieben. Irgendwo in Spanien war das gewesen. So betrunken und weinerlich, wie er das Ganze beschrieb, war das wohl in einem besseren Leben geschehen. Jedenfalls Jean hatte es in seinen Gedanken ausgemalt und nun schien es ihm, genauso wie er es sich immer vorgestellt hatte, zumal etwas weiter draußen auf der Bühne ein größeres Schiff – jetzt schemenhaft durch den sich lichtenden Nebel besser erkennbar – immer näher kam.

Der Beginn des ersten Aktes.

Cusi entdeckte es als Erste. Land ... sie traute ihren Augen nicht. Viel Land, ein breiter Streifen schälte sich aus dem morgendlichen Dunst. Dahinter ging in einer verführerischen Komposition die Sonne golden auf und wärmte alle Glieder an Bord, die sich ihr zeigten.

„Tupac, aufgewacht, schau schnell, ich sehe Land."

Tupac wickelte sich schlaftrunken aus seiner Decke, blinzelte in Richtung der Sonne und rief wie elektrisiert:

„Aufwachen, alle aufwachen, Land, direkt vor uns ist Land." Er lief von einem zum anderen und rüttelte so alle wach.

Ihr Schiff fuhr von dem wenigen Wind getrieben direkt auf die Küste zu.

Waren die ersten noch schlaftrunken gewesen, sprangen die letzten, wie von unsichtbaren Kräften getrieben, auf und alle schrien durcheinander: Es klang wie ein lautes Willkommen.

Wenig später stieß das kleine Schiff knirschend auf den Strand.

Jean war aufgesprungen, als er bemerkte, dass es offenbar auf Grund laufen wollte und er hatte das Gefühl, die Besatzung war froh darüber.

Alle sprangen von Bord. Atoc, Tupac, Balam und Xul, Cusi, Muyal und schließlich Azula und Pixan. Sie standen ratlos im hüfttiefen Wasser am Ufer und blickten sich noch unsicher um.

Jean war nicht einmal überrascht. Er hatte ja seit langer Zeit darauf gewartet, dass unbekannte Menschen an dieser Küste landeten. Menschen von hinter dem Horizont. Sie liefen ihm sozusagen direkt in die Arme. So waren sie ihm grundsätzlich willkommen, und deshalb lief er auf sie zu und fragte sich, ob er ihnen vielleicht helfen könnte. Die Besatzung machte einen friedlichen Eindruck. Außerdem waren drei Frauen auf dem Boot gewesen und sie bewegten sich nun am Strand unter den anderen wie Familienmitglieder.

Keiner hatte eine Waffe, lediglich einer hatte einen Knüppel in der Hand. Das Antlitz des jungen Mannes strahlt mit einer beeindruckenden Ausdruckskraft. Seine Haut schimmert in einem warmen, bronzefarbenen Glanz. Fein, doch deutlich gezeichnet sind seine Gesichtszüge, hohe, markante Wangenknochen und eine flache Nasenbrücke.

Seine Augen funkelten wach und selbstsicher, ein wenig mandelförmig und tief liegend, sie trugen einen ernsten, doch zugleich neugierigen Blick, die Augenbrauen kräftig und gerade, darüber eine hohe, glatte Stirn.

Die Nase zeichnete sich gerade und mit breiten Flügeln, seine Lippen voll und oft leicht geöffnet, wie im Begriff zu sprechen oder intensiv zu lauschen.

Sein Haar war dicht, glatt und tiefschwarz zu einem Knoten gebunden und zurückgehalten mit einem Stirnband aus Stoff oder geflochtenem Pflanzenmaterial.

Als Jean bei der Gruppe anlangte, stellte er also fest, dass sie anders aussahen als die Menschen, welche er bislang gesehen hatte. Alle hatten dieses dichte schwarze Haar, waren bis auf einen Mann und eine Frau mit schätzungsweise neunzehn Jahren nur wenig älter als er selbst. Er nahm Gesprächsfetzen einer aufgeregten Unterhaltung wahr, allerdings verstand er kein Wort. Einige zeigten auf ihn.

„Ich bin Jean und wohne hinter den Dünen dort auf einem Bauernhof", sagte er treuherzig.

Nach diesen Worten verstummten die Gespräche abrupt und er wusste sofort, dass niemand ihn verstanden hatte.

„Ihr seid es tatsächlich ... von hinter dem Horizont", stotterte er.

Atoc trat vor.

„Sprichst du unsere Sprache?", fragte er klar und deutlich.

Jean schaute ihn nur an.

„Der versteht dich nicht", meinte Pixan.

„Und wir verstehen ihn nicht", meinte Tupac enttäuscht.

„Wir sind in einer anderen Welt gelandet", bemerkte Azula treffend. „Wen wundert es, dass er uns nicht versteht? Ich musste eure Sprache auch erst lernen und Pixan die meine."

Darauf trat Pixan auf Jean zu und fragte in freundlichem Ton in der Sprache Azulas:

„Ich bin Pixan".

Jean deutete es richtig. Da sagt einer in unbekannter Sprache seinen Namen. Er kam deswegen darauf, weil Pixan, als er seinen Namen sagte, auf sich selbst deutete.

Jean deutete nun wiederum auf sich und sagte:

„Ich bin Jean".

Alle lachten laut auf und nacheinander sagten sie alle ihre Namen.

Schließlich auch Muyal. Jean war verzaubert.

Exotisch wirkten sie auf ihn. Jean stammte aus einem kleinen Fischerdorf. Hier gab es keinen außergewöhnlichen Austausch unter fremden Menschen, wenngleich einige schon mit ihren kleinen Booten auf den Strand gefahren waren und hatten um frisches Wasser oder etwas Essen gebeten. Immer wurden sie gastfreundlich begrüßt und mit Kleinigkeiten versorgt.

So hatte es auch Jean vor, als er mit Händen und Füßen andeutete, zu seinen Eltern auf ihrem Hof zu laufen, um sie an den Strand mitzubringen.

Sie verstanden, was er ihnen vormachte und schienen teilweise erleichtert, jedoch auch andererseits besorgt, was Jean teilweise nachvollziehen konnte.

Indem er ihre Besorgnis erkannte, keimte eine besondere Art von Empathie auf. Sollten die vor seinen Augen gestrandeten aus dem Meer aufgestiegen sein?

Eine solche Vorstellung hätte vielleicht der Pfarrer aus der Abtei Saint-Sever gehabt. Einerseits eine lustige, andererseits unter Fantasten auch eine gefährliche Vorstellung.

Er spürte, wie sich sein Herz mit Hoffnung füllte. Vielleicht waren diese Gestalten wirklich mystische Geschöpfe des Meeres, die gekommen waren, um ihnen zu helfen, ihre Welt zu einem besseren Ort zu machen. In seinem Geist malte er sich aus, wie sie gemeinsam lachen und durch die Wogen tanzen würden. Ja, die Zukunft konnte wundervoll sein, voll von Magie und Verständnis zwischen den Welten. Er lächelte breit, als er daran dachte, wie sie alle zusammen neue Kapitel voller Freude und harmonischem Miteinander aufschlagen würden.

Dann jedoch schien er aufzuwachen. Er wusste zwar, dass er nicht geschlafen oder geträumt hatte, aber er wusste auch, dass die Menschen, die er am Strand soeben verlassen hatte, keine Geschöpfe des Meeres sein konnten.

Menschen leben nicht im Wasser; nicht darüber, nicht darunter. Sie leben an Land.

In dem kleinen Dorf, in dem Jean aufwuchs, war das Meer nicht nur eine Quelle des Lebens, sondern auch des Mysteriums. Die weiten Wellen, die sanft an den Strand rollten, erzählten Geschichten aus fernen Welten und brachten manchmal Gestalten mit sich, die wie aus einer anderen Zeit oder einem anderen Ort zu stammen schienen.

An diesem besonderen Tag, an dem die Sonne mittlerweile am Himmel hoch und klar stand und die Möwen freudig ihre Kreise zogen, wurde das Dorf von einer Gruppe von Fremden besucht. Ihre Kleidung war ungewöhnlich, ihre Sprache unverständlich.

Jean, der bisher nur der stetigen Routine des Dorflebens gefolgt war, spürte, wie eine Woge der Neugier in ihm aufstieg. Er hatte so oft schon am Strand gesessen und in die Ferne geblickt, dass er manchmal geglaubt hatte, das Ende der Welt gesehen zu haben. Aber das Ende gab es nicht. Das wurde ihm jetzt klar. Es musste hinter dem Horizont weitergehen. Woher sollten sie sonst kommen? Er erinnerte sich an das Schiffswrack, welches er mit seinen Freunden vor Jahren entdeckt hatte. Es schien fremd, von unbekannter Machart und aus eben solchem dunklen Holz gefertigt wie das der Fremden.

Er entschied sich, sie mit offenen Armen zu empfangen. „Vielleicht", so dachte er, „sind sie Boten von hinter dem Horizont, vielleicht zufällig angeschwemmt, die uns berichten können, wie die Welt aussieht, die wir von hier aus nicht erkennen können."

Er musste ihre Sprache lernen. Er wusste nicht wie, jedoch er musste es einfach.

Aufgeregt lief er weiter und bog so knapp um die Hausecke, dass er beinahe mit seiner Mutter zusammengestoßen wäre. Sie hatte beide Hände voll und balancierte einen Krug mit Wasser und eine Schüssel voller Grütze als Frühstück für seinen Vater, der irgendetwas in seiner Werkstatt in Stand setzte.

„Sie sind da, sie sind tatsächlich da", rief er aufgeregt.

„Junge, pass doch auf", rief sie ihm in einem gleichzeitig ärgerlichen, wie liebevollen Ton zu, wie es wahrscheinlich unzählige Mütter in diesem Augenblick auf der ganzen Welt taten.

„Du und Vater, ihr müsst sofort mit mir an den Strand kommen." Jean rief es so aufgeregt aus, dass seine Mutter beinahe die Grütze verschüttet hätte.

„Was ist denn bloß los mit dir?", fragte sie nun mit echtem ärgerlichem Unterton.

„Ein Schiff ist gestrandet", rief er nun schon auf dem Weg zur Werkstatt, um seinen Vater zu informieren.

Sein Vater Arnaut, der älteste Sohn Guilhem de Lavedans, ergriff das Erbe seines Vaters mit einem starken und stolzen Herzen. Guilhem, ein einfach lebender Landmann, dessen Tage im Einklang mit den Weinreben und Ziegen des Landes flossen, hatte Arnaut nicht nur seine Liebe zur Natur, sondern auch eine tiefe Verbundenheit zur Erde vermittelt.

Von jungen Jahren an fühlte Arnaut den Stolz tief in seinen Adern pulsieren, denn sein Name verband ihn mit der Vergangenheit – benannt nach seinem Großvater, einem kühnen Bogenschützen im Dienste eines lokalen Barons. Diese Verbindung war nicht nur ein Namensband, sondern auch ein Symbol für Mut und Treue, Werte, die in Arnauts Brust brannten.

Sein Leben, gewoben aus den Fasern der täglichen Mühen eines Fischers, Schmieds und einfachen Landmannes, war dennoch voller Freude. Festtage zu Ehren des Heiligen Saturnin brachten das Dorf immer wieder zusammen, und Arnauts freudvoller Geist leuchtete besonders auf diesen Festen, wo er und sein Sohn die Früchte ihrer Arbeit zum Markt in Tarbes führten. Seine Kleider, bestehend aus grobem Leinenhemd und einer Wolltunika, gekrönt mit selbst gemachten Sandalen aus Ziegenleder, waren zwar bescheiden, sprachen jedoch Bände über die harte, doch erfüllende Landarbeit.

Ein kleines Holzkreuz, das sanft auf seiner Brust ruhte – ein Geschenk seiner liebevollen Mutter Beatris – war ein ständiger Begleiter und erinnerte ihn bis zum heutigen Tage an die bedingungslose Liebe und den Glauben, die ihn umgaben.

Arnauts Fähigkeiten waren vielfältig. Mit dem Hammer war er ebenso geschickt wie mit dem Wissen um Fische und Netze. Doch seine wahre Leidenschaft entfachte sich, wenn Troubadours das Land durchquerten. Ihre Geschichten von fernen Ländern und heldenhaften Taten beflügelten seine Fantasie. Beim Schein des Abendfeuers versuchte

Arnaut sich selbst im Spiel der Laute und, wenn das Glück es wollte, in Versen auf Okzitanisch. Diese Momente waren durchzogen von süßen Melodien über Garsenda, die Schmiedstochter, die sein Herz höherschlagen ließ und die er auf seiner Wanderschaft durch die Gascogne kennenlernte und sie zur Mutter von Jean machte. So wurde die Schmiede hinter den Dünen seine neue Heimat.

Nachdem Jean nun berichtet hatte, was er von den Fremden gesehen hatte, legte Arnaut den schweren Hammer beiseite, band sich die lederne Schürze ab und forderte Garsenda auf, sie beide zu begleiten.

„Merci", sagte Atoc schließlich, indem er sich an die Worte erinnerte, die er am frühen Morgen gehört hatte. Der Bäcker hatte sie ihm zugerufen, als er das Brot überreichte.

„Merci?", fragte Jean mit einem schiefen Lächeln. „Hast du verstanden, was es bedeutet?"

Atoc nickte mit einem leichten Lächeln. Er hatte das Wort mehrmals gehört, als andere Menschen einander „danke schön" sagten. Es war ihm nun klar, dass „merci" „Danke" bedeutete.

„Merci, Jean", sagte er und zeigte auf das frische Brot, das sie gerade aßen.

Jean lachte und rieb ihm die Schulter.

„Du lernst schnell", sagte er.

Atoc nickte. Worte kamen ihm nun leichter über die Lippen. Es war nicht die Grammatik oder die Regeln, die er verstand. Es war der Alltag, der ihm half, die Bedeutung zu spüren. Ein Geschenk, das durch Erfahrung und Geduld kam.

Und Jean lernte umgekehrt, welche Worte was bedeuten sollten. Beide lernten schnell. Weil es Jean nicht möglich war, einen einigermaßen Zeit vertreibenden Kontakt zu Mu-yal herzustellen, war er auf eine ganz besondere Art und Weise wissbegierig.

Für Jeans Familie änderte sich einiges. Das Wetter wurde langsam schlechter und kälter. Die Neubürger an der Küste der Gascogne konnten nicht weiterhin bei ihrem Schiff direkt am Küstenstreifen bleiben. Das Leben unter freiem

Himmel musste ein Ende haben. Es bestand darüber hinaus auch die Gefahr, entdeckt zu werden. Die Obrigkeit fand immer einen Grund, Menschen zu beunruhigen, noch dazu, wenn sie anders aussehen oder in mehrfacher Zahl auftreten. Es war weiterhin nicht auszuschließen, dass ein übereifriger Kirchenvertreter in der Gruppe der Gestrandeten vielleicht Meeresbewohner sahen und sie dorthin zurückschicken würden. Besuche von Geistlichen kamen in abgelegenen Dörfern und mehr noch in abgelegenen Höfen vor. Der Verfall der Sitten und der Moral schien dort eine ewig schlummernde Gefahr zu sein. Es war die Aufgabe der Geistlichkeit, dem Einhalt zu gebieten.

Arnaut und Garsenda beschlossen, sie auf ihrem Hof unterzubringen. Mit der Zeit hatten sie immer mehr begriffen, dass ihre neuen Freunde tatsächlich aus einem Land hinter dem Horizont vor beinahe zwei Jahren gestartet waren und eine Rückkehr dorthin ausgeschlossen war.

„Offenbar sind sie auf der Flucht", stellte Arnaut eines Abends sachlich und überzeugt fest.

„Ich weiß noch nicht, woher und warum, jedoch sind sie geflohen. Mit Sicherheit können sie nicht zurück. Wir müssen sie auf unserem Hof beschäftigen und gleichzeitig verstecken. Außerdem ist es gut, herauszufinden, was sie eigentlich können."

„Pixan ist ein Zimmermann", meinte Jean. „Das habe ich schon herausbekommen. Cusi und Muyal sind Kräuterkundige."

„Lasst uns morgen beginnen, unsere kleine Scheune wetterfest auszubauen, damit sie darin wohnen können", sagte

Arnaut. „Auf diese Weise können sie uns auch am besten zeigen, was sie handwerklich können. Und wir lernen sie besser kennen. Außerdem lernen sie unsere Sprache auf diesem Wege einfacher."

„Und wir die Ihre", ergänzte Jean.

Als die Menschheit vor vielen, vielen Jahren begann, Worte zu wählen und ihnen eine Bedeutung beizumessen, muss es bunt zugegangen sein. Warum heißt Feuer eigentlich Feuer und nicht „Kalura"? In einer Gruppe von Menschen hieß es vielleicht „Kalura" und als diese Familie ausstarb, starb auch der „Kalura" aus. Vielleicht überlebte einer aus der „Kalura" – Familie und als der Nachbar vorbeikam, in dessen Familie man jedoch Feuer sagte, wunderte er sich, als er gebeten wurde, sich an das „Kalura" zu setzen.

„Mensch, das heißt doch ‚Feuer'".

„Quatsch, das heißt „Kalura"."

„Nein, da kannst du jeden fragen, das heißt ‚Feuer'".

Weil er nun der letzte Mensch der Sprachfamilie „Kalura" war, hieß es nun auch bei ihm „Feuer". Sonst hätte ihn ja niemand verstanden.

So schleifen Begriffe sich ab, die Bedeutung gleicht sich an. Feuer kann ab jetzt regional unterschiedlich „Feu" oder „Fire" oder ganz anders heißen. Muyal nannte es „k'áak'"

Jean wollte wissen, wie Muyal „Brot" nannte oder was sie darunter verstand? Das war spannend, denn sie kannte kein Brot, wie Jean es meinte, aber sie kannte ein eigenes, sehr zentrales „Brot des Lebens" – und das war Kukuruz.

Viele Generationen später würden die Menschen in Frankreich es als Mais kennenlernen.

War es für Jean ein einfaches, dadurch jedoch nicht weniger wertvolles Nahrungsmittel, verbanden es die Neuankömmlinge mit einer ganzen Lebenseinstellung. Für sie waren In ihrer Schöpfungsmythologie die ersten Menschen aus Mais gemacht. Die Götter nannten sie „Máasewal", freie Menschen.

Je näher sie sich bei ihren Umbauarbeiten kennenlernten, umso mehr erfuhren sie über die Kulturen und mussten zwangsläufig anerkennen, dass mit einer Übersetzung des bloßen Wortes nicht auch eine Übersetzung der Bedeutung gleichsam mitgeliefert wurde.

Arnaut und Garsenda waren bereit, hinzuzulernen und nicht sofort alles Fremde abzulehnen. Jean hatte ein eigenes Interesse. Es schien ihm, als hätte er sich in Muyal verliebt. Das trieb ihn an und es dauerte nicht so lange wie bei seinen Eltern, da konnte er sich bereits einigermaßen verständlich machen. Als er sich sicher war, versuchte er die Worte zusammenzusuchen, die ihm so wichtig waren, und eines Tages sagte er mit hochrotem Kopf:

„In k'aat ech."

Es ist ein zärtlicher, aber nicht übertrieben kitschiger Ausdruck – in einer Kultur, in der Zuneigung oft mehr durch Taten als durch Worte gezeigt wurde.

Muyal blinzelte.

„Du... wünschst mich?"

Ein Lächeln huschte über ihre Lippen. Jean wollte es eigentlich nicht ganz so deutlich ausdrücken. „Ich liebe dich", hatte er vorsichtig sagen wollen, jedoch im Grunde gewünscht, dass genau das passieren sollte, was an diesem Abend folgte. Es wurde eine leidenschaftliche Nacht, in der die Wünsche der beiden Liebenden auf einem kleinen sprachlichen Missverständnis beruhend, rasant Gestalt annahmen.

Das gegenseitige Verstehen der fremden Sprache ging recht schnell voran. Hatten Arnaut, Garsenda und Jean anfänglich noch Besorgnis, vorbeikommende Fremde könnten argwöhnisch werden und absurde Geschichten in Umlauf bringen, konnten die neuen Gäste auf dem Hof und in der Umgebung der Schmiede gut untertauchen und langsam und vorsichtig Kontakt zu den Dorfbewohnern finden. Die Tatsache, dass die Schmiede etwas außerhalb des Dorfes lag, war dabei hilfreich. Und sie lernten sich über geleistete Arbeit und Dienste kennen. Gelegentlich benötigt man jemanden mit medizinischen Kenntnissen oder jemanden, der einen Tisch bauen konnte. Zusätzlich war es hilfreich, die Neubürger neu einzukleiden. Eine abgetragene Hose, ein altes Kleid, ein Umhang, alles wurde hervorgekramt, anprobiert, geändert. Allmählich konnten neuere Sachen gewebt und vernäht werden. Durch die Nähe zum Königreich Navarra waren die Menschen an vielerlei andere Gesichtszeichnungen oder andere äußere Erscheinungen gewöhnt. Es war ein ständiges Hin und Her von Söldnertruppen. Zunächst besetzte Sancho Ramírez von Aragon um 1100 Pamplona. Navarra wurde dann von der aragonesischen Krone regiert und erlangte unter Garcia IV., der bis 1150 regierte, seine Unabhängigkeit zurück. Schließlich kämpfte das Land gegen eine französische Besetzung, die Gascogne gegen eine englische.

So wie das Schiff, welches Jean vor einigen Jahren am Strand entdeckt hatte, von den Wellen und Stürmen zerschlagen wurde, ging es auch dem, welches Atoc und seinen Gefährten über den Ozean getragen hatte.

Der letzte Wintersturm hatte letztlich sämtliche Spuren verwischt.

Wie sehr sich die kleine Gemeinschaft auf dem Gehöft hinter den Dünen immer weiter annäherte, zeigte die Zeit. Sie erweist sich als ein zuverlässiger Begleiter der Menschen in jeder Epoche.

Als wichtigstes Transportmittel neuer Erkenntnis entwickelte sich die gemeinsam verstandene Sprache. Sie waren in der Gascogne und so war es natürlich die Landessprache, die sich als ein gemeinsamer Nenner entwickelte. Dennoch schilderten die „Máasewal" ihre Heimat hinter dem Horizont, berichteten über die Tage, Wochen und Monate auf See, sie berichteten von den Inseln, die sie besucht hatten, die Todesängste in ihrem Land und während der Überfahrt. Über Hunger und Durst sprachen sie und über eine relative Sicherheit in der neuen Heimat. Die Abgeschiedenheit dieses Landstriches half dabei, ein eigenständiges Leben zu führen.

In den nächsten zwei Jahren wuchs die Gemeinschaft. Kinder, die ersten Neubürger, wurden geboren.

Jean und Muyal wurden Eltern eines kleinen, stillen Sohnes, Azula und Pixan ein Jahr darauf einer wunderschönen

Tochter, die durch ihre Neugier auf die Welt oftmals alle zum Lachen brachte und Atoc und Cusi fanden nach aufregender Zeit zueinander und waren nun Eltern eines kräftigen Söhnchens.

Es war klar und deutlich, dass die jungen Eltern eher ein Leben lebten, das innerhalb der Gemeinschaft eine Bedeutung hatte. Es bedeutete Sicherheit und Geborgenheit, allerdings auch Eintönigkeit und kaum Abwechslung. So kam es, dass Xul, Balam und Tupac einen anderen Weg gehen wollten. Sie hatten keine familiären Bindungen auf dem kleinen Hof, keine Frau, keine Kinder und es zog sie weg

Des Öfteren taten sie sich zusammen und gingen nach Air oder Dax. Hier entdeckten sie rasch ein anderes Leben. War es bisher nicht nötig, Geld zu besitzen, um sich etwas kaufen zu können, waren sie jetzt auf sich allein gestellt auf Geld angewiesen. Auf dem Hof von Arnaut und Garsenda hatten diese beiden für Tausch und Geldhandel gesorgt. Nun stellten sie fest, dass außerhalb ohne Geld nichts zu erhandeln war, außer durch andere Arbeit etwas zu verdienen. Sie waren alle drei kräftige Burschen, alle etwa Mitte bis Ende zwanzig, beherrschten mittlerweile die Sprache leidlich und sahen äußerlich aus, wie alle anderen armen Kerle auf Arbeitssuche. Nur Xul war verschlossener und tat sich schwer mit der Sprache.

Die Witwe Grenot, mit vollem Namen Marguerite Grenot, lebte in Air, nicht weit entfernt von der rauschenden See und den tosenden Wellen, die ihr Mann einst so geliebt hatte. Seit dem Jahr 1200, vor nunmehr acht Jahren, als sie nach einem tragischen Schiffbruch zur Witwe geworden war, hatte Marguerite ihre Tage damit verbracht, das Andenken ihres Mannes in Ehren zu halten.

Alle nannten ihn nur den „Kapitän", denn ihm gehörte ein ansehnliches Fischerboot.

Mit weißen Locken, die sanft um ihre zarte, aber durchaus lebenserfahrene Miene spielten, hatte Marguerite eine Ausstrahlung, die Wärme und Güte verkörperte. Ihre Augen spiegelten nun die Weisheit und die Stärke wider, die sie aus den vielen Jahren des Lebens am Meer gewonnen hatte. Trotz des Verlustes, den sie erlitten hatte, trug Marguerite stets ein Lächeln auf ihren Lippen, ein Zeichen ihrer unerschütterlichen Hoffnung und ihres Optimismus.

In der Gemeinde war sie bekannt für ihre Großzügigkeit und Fürsorglichkeit. Kein Fremder blieb hungrig, wenn er an ihre Tür klopfte, und kein Nachbar fühlte sich allein, solange Marguerite in der Nähe war.

Marguerite glaubte fest daran, dass nach jedem Sturm die Sonne wieder scheinen würde. Diese Zuversicht gab sie an alle weiter, die ihr begegneten. Tage des Gedenkens an ihren Mann waren zwar von Melancholie geprägt, doch Marguerite sah sie auch als eine Gelegenheit, zu zeigen, wie man mit Anmut und Stärke durch das Leben segeln kann.

Sie war eine Witwe und fühlte sich trotzdem manchmal wirklich allein und hilflos, gerade, wenn es um schwere Hausarbeit ging.

Eines Tages kam ein alter Mann vorbei, klopfte an ihre Tür und fragte, ob sie die Witwe Grenot sei. Als sie es bejahte, trat hinter ihm ein kleines Mädchen vor und sagte, sie sei ihre Enkelin Aelís. Witwe Grenot hatte ihren Sohn Albert seit

Jahren nicht gesehen. Er war in den Krieg in die Normandie gezogen und dann, wie vom Erdboden verschluckt. In Bordeaux hätte der Alte sie aufgegabelt, erzählte er, und nun, als er ihre Großmutter gefunden hätte, sei er froh, sie wohlbehalten abgeben zu können, machte ohne weitere Worte auf dem Absatz kehrt und verschwand. Aelís war offenbar Alberts Tochter. Sie sah aus, als wäre sie zehn Jahre alt, schätzte Marguerite.

Der „Kapitän" hatte gut verdient und ihr ein wenig Geld hinterlassen, welches zum Erhalt ihrer Selbstständigkeit hilfreich war. Im Herbst des Jahres 1208 hatte sie eine Fuhre Holz erhalten, die vom Leiterwagen abgeladen und hinter dem Haus neu aufgestapelt werden musste. Eine Arbeit, die sie im vergangenen Jahr gerade noch bewältigte, hierfür jedoch eine lange Zeit benötigte. Anschließend taten ihr alle Knochen weh.

Als sie nun vor ihrem Haus stand und den großen beladenen Wagen sah, kamen Tupac mit Xul und Balam die Straße hinauf. Gemeinsam kickten sie einen kleinen Stein immer abwechselnd und sehr ausgelassen die Straße hinauf.

„He, ihr drei, sucht ihr vielleicht eine Arbeit für einen halben Tag?"

„Was gibt es denn zu tun, Mütterchen?", fragte Tupac, der Sprache schon einigermaßen sicher.

„Das Holz muss vom Wagen und hinter dem Haus wieder aufgestapelt werden."

Die drei sahen sich fragend an, zuckten etwas ratlos mit den Schultern, sodass die Witwe ergänzte:

„Für jeden von euch gibt es einen halben Denier für den halben Tag."

Sie klatschten in die Hände.

„Klar, machen wir."

Mit dem Geld könnten sie endlich einmal in die Wirtschaft gehen und den Wein probieren, von dem viele schwärmten. In ihrer Heimat tranken sie keinen Alkohol, kannten demnach nicht seine Wirkung. Er war nicht alltäglich, sondern vor allem sakral und zeremoniell. Er war nicht zur reinen Unterhaltung gedacht, sondern diente der Verbindung zu den Göttern oder zur Reinigung des Geistes. Übermäßiger Konsum wurde meist als unsittlich oder gefährlich angesehen und dadurch nun eher interessant.

Schnell war der Wagen abgeladen und sie wunderten sich schon, dass es sich so schnell Geld verdienen ließ, als der Fuhrmann einen weiteren Wagen brachte und neben den Erste stellte. Den Leeren nahm er wieder mit.

„Ich komme noch dreimal", sagte er beiläufig.

„War das so ausgemacht?", fragten sie zweifelnd, jedoch freundlich bei der Witwe nach.

„Natürlich, für eine halben Denier habe ich euch den halben Tag gemietet", antwortete sie bestimmt.

Der Fuhrmann hörte es beiläufig, wandte sich an Tupac, nickte ihm zu und meinte:

„Ein halber Denier für jeden ist ein fairer Preis", spuckte in den Sand wie zur Bekräftigung und fuhr mit dem leeren Wagen wieder davon.

Es war schon dunkel, als die Witwe sie auszahlte und ihnen anbot wiederzukommen, es gäbe immer etwas zu tun. Auf eine Bezahlung würden sie sich schon einigen. Jetzt sollte es erst einmal zu ihrem lange gehegten Sehnsuchtsziel gehen – der Schenke. Die ersten langen Lebensjahre ohne Alkohol setzten sie mangels Gewöhnung erst einmal binnen kürzester Zeit außer Gefecht. Nach einer halben Stunde sanken sie in eine Ecke und schliefen ein.

Als Xul am nächsten Morgen bei Dämmerung des Tages erwachte, war ihm nicht nur entsetzlich kalt, sondern um ihn herum stank es erbärmlich. Er rieb sich die Augen und stellte fest, dass er in nächster Nähe eines Misthaufens geschlafen hatte. Balam und Tupac lagen eng umschlungen, etwas entfernt auf der anderen Seite. Xul erhob sich und trat den zwei Kameraden mit dem Fuß empfindlich in die Seite. Die quiekten kurz, streckten sich und als sie feststellten, dass sie sich dabei ineinander verhakten, sprangen sie schnell peinlich berührt auf.

„Wer stinkt hier so?", fragte Tupac.

Xul und Balam zeigten auf Tupac. Der benahm sich vornehm, ging nicht darauf ein, wandte das Gesicht ab und tat dabei so, als orientiere er sich.

Die Knechte des Wirts hatten die Drei vor die Tür zum Misthaufen geschleift, als feststand, dass sie ihr Geld versoffen hatten.

Tupac hatte als Erster den passenden Gedanken.

„Wir müssen zum Fluss, den Gestank abwaschen, dann gehen wir zurück zum Hof", und ging los, Xul und Balam hinterdrein.

Derartige Szenen wiederholten sich in den kommenden Tagen und Wochen immer wieder. Nicht dass sie jedes Mal auf dem Misthaufen wiedererwachten, jedoch dass sie Geld bei der Witwe verdienten und es abends vertranken. Dabei waren sie der alten Witwe Grenot gegenüber immer freundlich und korrekt. Mit Aelís freundeten sie sich sofort an. Die Kleine war immer fröhlich, jedoch zurückhaltend und schüchtern.

Auf dem Hof von Arnaut und Garsenda braute sich bald Unmut zusammen. Hier schliefen sie lange, sahen verwahrlost aus und trugen kaum mehr etwas zur Erledigung der Arbeit bei.

Vier Wochen vor Heiligabend ereignete sich im Hause der Witwe Grenot ein furchtbares Verbrechen. Es war ausgerechnet im Advent, als das Dorf Air in den Hügeln der Gascogne in dunkle Unruhe fiel. Der Wind pfiff scharf durch die kahlen Äste, und der Rauch aus den Lehmkaminen wehte wie Asche der Vorahnung über die Dächer aus Holz und Schiefer.

Am Morgen des 14. Dezember 1209 wurde die Witwe Grenot tot in ihrer mit Reet gedeckten Hütte gefunden. Ihre Türe stand offen, Schnee hatte sich über den Lehmboden gelegt wie ein kaltes Leichentuch.

Die alte Frau, mit scharfer Zunge, aber mildem Herzen, lebte seit Jahren allein, bekam seit jüngster Zeit jedoch oftmals Hilfe von drei kräftigen Burschen vom Schmiedehof des Arnaut. Das erzählten die Nachbarn willig dem Vogt, der die Angelegenheit in Augenschein nahm und den Mord aufzuklären hoffte.

Vogt Raimond de Cardailhac – war ein erfahrener Mann, noch keine fünfzig Jahre alt, von kräftigem Wuchs und mit

wettergegerbtem Gesicht. Er trug stets ein dunkles Woll-
wams mit dem kleinen Wappen der Seigneurie Saint-Se-
vern: ein silberner Eber auf schwarzem Grund. Seine Hände
schwielig vom Reiten und Schreiben, sein Blick scharf, aber
nicht ohne Milde.

Man sagt, Raimond sei einst selbst Ritter gewesen, ehe ein
gebrochener Fuß ihn zum Amt des Vogtes brachte. Seitdem
führte er das Dorf mit nüchternem Sinn für Recht und Ordnung – und manchmal mit einem schwer zu deutenden
Schweigen, wenn er mehr wusste, als er sagte.

Und die Nachbarn hatten die bedauernswerte Witwe zuletzt
am Vortag beim Kirchgang gesehen, wo sie eine Kerze für ihren verstorbenen Mann entzündet hatte.

Als Pfarrer Étienne de Clairmont und der Vogt Raimond de
Cardailhac die Hütte betraten, lag die Witwe zusammengesunken am Herd, das graue Haar voller Ruß, das Gesicht zur
Seite geneigt. Ein grobes Holzscheit lag neben ihr – mit Blut
getränkt. Kein Feuer war mehr in der Esse, und der Topf, in
dem sie das Brot aufbewahrte, war leer.

Die Spuren waren flüchtig, doch man fand Schlammabdrü-
cke – zu groß für ein Kind, zu schmal für einen Bauern. Der
grobe Balken war kein Werkzeug des Hauses, sondern
stammte von draußen.

In ihrer Truhe fehlten einige Kupfermünzen, ein silberner
Löffel und ein kleines Kreuz aus Elfenbein – ein Geschenk
des Grafen Langbèrre, hieß es.

Die Dorfbewohner murmelten von Räubern, die sich auf
den Winterwegen herumtrieben. Andere munkelten, es sei
der verstoßene Enkel, den sie einst verflucht habe. Sie

selbst hatte von einem weiteren Enkel jedoch nie etwas erzählt.

Nichts wurde bewiesen und so fiel der Verdacht auf Tupac, Balam und Xul. Das schien einleuchtend. Sie waren Fremde, oft betrunken und menschenscheu. Was lag da näher als der Verdacht, sie hätten die Witwe ermordet, um an das Geld zu kommen.

„Die waren es", rief der Wirt der Schenke.

„Du hast doch gut verdient an den drei Fremden", rief einer aus der Meute, die sich inzwischen um das Haus der Witwe versammelt hatte.

„Genau", schrien nun andere, ohne dass jemand einen Zusammenhang erkennen konnte. Jedoch waren es solche Zwischenrufe, welche die Stimmung anheizten.

„Wir müssen sie suchen."

„Hängt sie auf!"

Der Mob, der am Sonntag noch in der Kirche um die Vergebung der Sünden und um Frieden auf der Welt in der Weihnachtszeit gebetet hat, wollte sofort losstürmen.

Alleine der Vogt bemühte sich um Ordnung und rief mit donnernder Stimme, in der Hoffnung, den Mob zu übertönen:

„Halt, niemand tut irgendetwas ohne meine Anordnung. Niemand verlässt den Ort."

Jedoch war es zu spät. Die Ersten rannten davon in Richtung des Schmiedehofes.

Es war nicht weit und so war davon auszugehen, dass viele noch genügend Energie haben würden, Selbstjustiz zu üben.

Raimond de Cardailhac sprang auf sein Pferd und sprengte an der aufgepeitschten Menge vorbei, um als Erster auf dem Hof zu sein und Schlimmes zu verhüten. Auf dem Hof lebten Familien mit Kindern. Diese waren mit Sicherheit unschuldig; und wie leicht konnte so etwas aus dem Ruder laufen und in einem Gemetzel enden. So etwas zu verhindern, war auch die Aufgabe der Autorität, welche sein Amt bekleidete.

„Gefahr, Gefahr", rief er mehrmals, sobald er den Hof erreichte, um die Leute aus den Häusern zu holen.

„Was ist?", rief Arnaut ihm zu. Er hatte seine Lederschürze umgebunden, stand am Amboss und war deshalb der Erste, der auf Raimond de Cardailhac zuging. „Brennt es, braucht ihr Hilfe?"

„Nein, nein, drei von deinen Leuten werden beschuldigt, die Witwe Grenot getötet und beraubt zu haben!"

„Drei meiner Leute – die Witwe Grenot? Wer, welche drei?"

„Sie sind in Gefahr, der Mob plant sie aufzuknüpfen."

„Was ist los?", mittlerweile waren Jean und seine Mutter Garsenda im Hof erschienen, hinter ihnen Tupac, Balam und Xul.

„He, ihr", dabei zeigte er auf die Drei. „Ihr habt doch bei der Witwe Grenot gearbeitet, gegen Geld." Die Angesprochenen nickten eifrig. „Sie ist tot, ermordet, wart ihr das?"

Balam und Xul wurden kreidebleich, und Tupac schüttelte heftig den Kopf.

„Nein, wir haben der freundlichen Frau nichts getan. Das letzte Mal haben wir vor vier Tagen bei ihr geholfen."

„Geht ins Haus, ich werde euch erst einmal beschützen, damit kein Unglück geschieht."

Kaum waren sie verschwunden, tauchten die ersten aufgewiegelten selbst ernannten Racheengel auf und brüllten herum.

„Wo sind sie? Gib sie heraus, die Mörder. Raimond, übergib sie uns."

„Ihr wisst, dass ich das nicht kann. Geht wieder zurück in eure Häuser zu euren Frauen. Ich werde sie nach Saint – Sever bringen, dort wird ihnen ein Prozess gemacht. Wenn sie schuldig sind, werden sie gehängt."

Die Abtei Saint – Sever war der Gerichtsort des Grafen Langbèrre und der hatte einen guten Ruf als ein harter, konsequenter auch gerechter Gerichtsherr.

„Jeder, der nicht sofort wieder verschwindet, kann sogleich mitkommen und sich vom Grafen seine Bestrafung abholen." Das traf. Die Furcht vor der harten Hand des Grafen schreckte.

Mittlerweile trafen fünf gut bewaffnete Büttel des Vogtes in donnerndem Galopp auf Pferden auf dem Hof ein und stellten sich schützend vor Raimond auf. Offenbar hatte der Pastor Étienne de Clairmont Alarm geschlagen und dafür gesorgt, dass sie sich sofort in Marsch setzten.

Es gelang Raimond de Cardailhac nun durch diesen eindrucksvollen Aufmarsch die Menge zu bremsen und durch die Autorität seines Amtes die Ersten alsbald zur Umkehr zu bewegen.

Zehn Tage später, in der Gerichtshalle des Klosters zu Saint-Sever, unter dem Vorsitz des Vogts Raimond de Cardailhac und im Beisein des Archidiakons von Auch begann der Prozess.

Die Sonne stand tief über den kahlen Hügeln, und der frostige Hauch des beginnenden Winters zog durch die Ritzen der steinernen Halle, wo sich die Dorfbewohner, Geistliche und der Graf Langbèrre zur Urteilsverhandlung versammelt hatten. Er hielt sich zurück und überließ die Verhandlungsführung ganz bewusst seinem Vogt.

Vor dem alten Eichentisch des Vogtes knieten drei Fremde. Tupac, ein Mann mit dunklem Gesicht und stolzem Blick, Balam, sein wenig gesprächiger Gefährte und Xul, der die Sprache des Landes nur gebrochen verstand.

Die Witwe Grenot, alt und alleinstehend, wurde vor zehn Tagen erschlagen in ihrem Haus aufgefunden. Ihre Tür war aufgebrochen, das Brot geraubt, ihre Truhe geplündert.

Vogt Raimond de Cardailhac erhob sich.

„So höret nun die Frage: Ob diese Männer, fremd an Zunge und Sitte, Schuld tragen am Tod der Witwe Grenot, oder ob sie zu Unrecht beschuldigt werden."

Bruder Émile, Mönch aus dem Priorat, sprach:

„Man fand am Ort der Tat keinen Dolch, die Frau wurde mit einem Holzstück erschlagen. Weiter zeugen Abdrücke im frischen Schlamm von fremdartigem Schuhwerk. Die Männer flohen beim ersten Licht, wie Tiere aufgeschreckt."

Er schlug die Kirchenrechtssammlung, das Decretum Gratiani auf und las:

„Qui fugit, fatetur. – Wer flieht, gesteht."

Ein Murmeln ging durch die Halle.

159

Doch nun trat der junge Kleriker Jehan de Sault hervor, Schüler aus Toulouse, berufen zur Verteidigung.

„Ihr nennt Flucht ein Geständnis – doch kennt ihr die Angst eines Mannes, der euer Wort nicht versteht? Diese Männer kamen nicht, um zu töten. Sie kamen mit einer Geste des Friedens."

„Sie haben seit Jahren der Frau geholfen, ihren Haushalt zu organisieren. Sie hatte sich nie über die drei beklagt."

Schließlich trat ein Mädchen vor. Es war Aelís, die Enkelin der Witwe. Sie war etwa zehn Jahre alt, aber es lag eine stille Ernsthaftigkeit in ihren dunklen Augen, die sie älter wirken ließ. Ihre langen, dichten Locken, die meist zu einem unordentlichen Zopf geflochten waren, fielen ihr oft ins Gesicht, wenn sie mit gesenktem Kopf durch das Gras schritt – barfuß, wie sie es am liebsten tat. Die Witwe, ihre Großmutter, hatte sie nach dem Verschwinden ihrer Eltern bei sich aufgenommen, nachdem ein unbekannter Mann sie vor der Tür abgeliefert hatte.

Sie war ein stilles Kind, das viel beobachtete und wenig sprach. Doch wenn sie redete, wog jedes Wort schwer. Die Erwachsenen im Dorf nannten sie manchmal „die Kleine mit der alten Seele". Sie liebte Geschichten – besonders jene, die ihre Großmutter von verlorenen Zeiten, von Märtyrern und Wanderern, von Engeln, die in Menschengestalt erschienen, kannte. Ein verlassenes Kind.

Mit den anderen Kindern spielte sie selten, nicht weil sie sie mied, sondern weil sie sich ihnen oft fremd fühlte. Stattdessen saß sie stundenlang auf dem moosigen Stein unter der alten Linde hinter dem Haus und malte mit einem Stück

Kohle auf dünne Holzplatten. Ihre Zeichnungen waren seltsam detailliert, oft Szenen aus Träumen oder Erzählungen, die sie in sich trug wie ein geheimes Buch.

Sie erklärte vor dem Gericht nun in schüchternem Ton, mit klarer Stimme:

„Ich sah einen Reiter in dunklem Mantel am frühen Morgen an Großmutters Tür. Es war keiner dieser Männer. Er hatte ein Pferd – diese hier gingen zu Fuß."

Ein Raunen.

Doch der Archidiakon flüsterte dem Vogt zu:

„Ohne Beweis bleibt es Legende."

Schließlich konnte Cusi bestätigen, dass sie Tupac am frühen Morgen am Brunnen des Schmiedehofes gesehen hatte.

Nach langem Schweigen stand Raimond de Cardailhac auf. Er sah zum Grafen. Der nickte beinahe unsichtbar. Seine Stimme war schwer.

„Im Namen des Herrn, der Wahrheit liebt und der Gerechtigkeit nicht auf den ersten Blick vertraut, spreche ich:

Die Schuld ist nicht bewiesen. Die Flucht war aus Furcht. Die fremde Herkunft ist kein Makel.

Doch da der Verdacht schwer wiegt, mögen sie gehen, nicht in Ketten, sondern im Bann der Grafschaft, bis der wahre Täter sich zeigt oder vom Himmel gezeichnet wird."

Er schlug mit dem Stab auf den Tisch.

Der Bannspruch wurde gesprochen, das Tor der Gascogne, für die drei Männer geschlossen.

Tupac, Balam und Xul waren tief getroffen. Sie sanken ratlos in sich zusammen. Sie waren zwei Jahre über das Meer geflohen, nur um zu erfahren, dass sie hier nicht willkommen waren. Es war zum Verzweifeln.

Der Graf Langbèrre hatte den Prozess in dieser Art führen lassen, er war kein direkter Prozessbeteiligter und konnte nun den Gönner spielen und sein Ziel erreichen.

„Ich sehe, ihr seid verzweifelt", begann er mit versöhnlicher Stimme. „Der König führt Krieg und sucht Soldaten. Er gewährt nach drei Jahren treuem Dienst in seinem Heer allen Männern Straferlass. Nach drei Jahren Kriegsdienst könnt ihr wieder auf euren Hof zurückkehren."

Tupac war überrascht, war das doch eine Chance, in einem neuen Leben Fuß zu fassen. Er überlegte einen Moment und antwortete schließlich für sich und seine Gefährten:

„Kämpfe, so wie ihr sie beschreibt, kommen auch in unserer Heimat vor. Meist hält man sie nach den Kampfhandlungen für wertlose und vertane Zeit. Allen ist das Denken erlaubt, doch vielen bleibt es erspart. Ein Soldat weiß mehr als jeder andere den Frieden zu schätzen. In unserem Fall sehe ich allerdings keine andere Wahl, als dein Angebot anzunehmen." Er verneigte sich und nahm wieder Platz.

Der Graf nickte.

„Dann sei es so", und dachte für sich: „Wenn ich die Welt doch nur mit deinen Augen sehen könnte."

1212

Die Jahre vergingen. Der Kriegsdienst von Xul, Balam und Tupac war eine schlimme Erfahrung. Hoffnungsvoll waren sie jenseits des Meeres gestartet und zunächst erst einmal wieder in fürchterlicher Knechtschaft.

Ihr neuer Kriegsherr rüstete sie zwar aus, jedoch das Hab und Gut passte auf ein Maultier oder in ein grobes Bündel.

Alle Söldner bekamen als Ausrüstung, sofern sie nichts Eigenes besaßen, ein Kettenhemd aus gebrauchten Ringen, oft verrostet, oft geflickt und als Helm einen einfachen Eisenhut. Die Waffe war ein Schwert oder Langmesser, manchmal eine Keule oder eine Handaxt. Die Bekleidung war zweckmäßig. Lederschuhe, Wolltunika, der Umhang aus Fell oder schwerem Tuch. Teilweise war die Verwendung durch angetrocknetes Blut für ein ziviles Leben untauglich.

Das Leben von Balam, Xul und Tupac war ein ständiges Wandern von einem Feldlager zum nächsten oder zur nächsten Herberge.

Sie schliefen im Freien oder in einem Stall, aßen, was sie bekamen. Es war selten mehr als trockener Käse, schwarzes Brot, Eintopf mit Hirse, wenn's gut lief. Meist tranken sie Bier oder Wein, Wasser mied, wer klug war.

Der Krieg war ein Handwerk geworden.

Er unterschied selten zwischen Recht und Unrecht – aber oft zwischen Angst und Furcht, Leichtsinn und Verblendung.

Trotzdem war nicht jeder Söldner ein Räuber. Viele waren enteignete Bauern, vertriebene jüngere Söhne oder Überlebende von Kreuzzügen, die keinen Platz mehr fanden im Leben der Städte.

Manchmal träumten sie vom Schmiedehof, von ihren Freunden, einem eigenen Haus, einer Frau mit ruhigem Blick. Vielleicht von einem Landstrich, der sie nicht verjagte, sondern bräuchte.

Besonders Tupac träumte sich hinaus aus dieser Welt in eine andere, ohne dieses Schwert.

Noch ein halbes Jahr musste er ein Söldner im Grenzgebiet der Gascogne sein. Der Wind schnitt scharf durch die engen Gassen des kleinen Marktfleckens. Es war der erste leichte Winterfrost.

Tupac saß mit dem Rücken zur Wand des Gasthauses „Zum Bischofskrug", seinen Mantel eng um sich geschlungen. Der Rauch von nassem Holz brannte in den Augen, doch es war warm. Er stocherte in einem dünnen Eintopf, der mehr Knochen als Fleisch enthielt. Dann trat Aimery ein – ein junger Mann, blass, in dunkler Wollrobe, ein Buch unter dem Arm. Er war Schüler eines Kanonikers aus Auch, auf dem Wege, um Abschriften aus dem Archiv zu holen. Seine Finger waren vom Tintenkrug gefärbt, nicht vom Schwert.

Tupac warf ihm einen Blick zu.

„Du tust nichts mit den Händen, was?", brummte er.

Aimery zögerte.

„Ich schreibe. Ich denke. Ich bete."

Tupac grinste schief.

„Feine Dinge. Davon wird kein Feind sterben."

Aimery setzte sich vorsichtig ans Feuer.

„Vielleicht müssen nicht alle Feinde sterben."

Ein Schweigen senkte sich. Draußen klapperten Hufe, ein Hund bellte. Schließlich sagte Tupac leise:

„Ich habe Städte gesehen, die brannten. Kinder, die schrien, und Priester, die flohen. Man betet viel. Aber am Ende zählt, wer das Schwert hält."

Aimery entgegnete ruhig:

„Und wenn keiner mehr das Schwert hält? Vielleicht könnten dann Worte ..."

Tupac lachte bitter.

„Das wirst du nicht mehr erleben, Schreiber. Aber ..., wenn du willst, bring mir ein Wort bei. Ein gutes."

Aimery sah ihn überrascht an. Dann nickte er.

„Spez.. ... Hoffnung."

Und am letzten Tag seines Dienstes dachte er daran, was er an diesem kalten Wintertag erfahren hatte. Er konnte jetzt gehen, er durfte wieder auf den Schmiedehof. Er hatte manche Gefahren erlebt. Er wollte wieder ein Mensch mit eigenen Zielen sein.

Nicht so Xul und Balam. Während der Soldatenzeit lernten sie ein anderes Leben kennen. Unabhängig zwar, jedoch gesichert. Gefährlich zwar, jedoch bezahlt und auf andere Weise frei. Durch Plünderungen, Kriegsbeute, Vergewaltigungen hatten sie eine andere Sicht auf die Dinge erlernt. Beide dachten nicht lange nach. Mit Anfang dreißig hatten sie das, was sie erreicht hatten, in den vergangenen zwei Jahren zusammengerafft. Die Erfolge waren ausschlaggebend. Sie standen im Zenit ihres Lebens. Das einfache Erreichen ihrer Ziele durch Kraft, Brutalität und Rücksichtslosigkeit hatte sich bewährt. Was sie nicht sofort bekamen, nahmen sie sich mit Gewalt. Sie wollten bleiben und ihr Kriegsherr konnte sie gut gebrauchen. Brutalität und Gewalt waren neben körperlicher Stärke wesentliche Qualitätsmerkmale, die ein Heerführer schätzte. So blieben sie im Heer des Königs, Sancho VII.

In der glühend heißen Sommerhitze entfaltete sich im letzten Jahr ein episches Spektakel auf dem Schlachtfeld von Las Navas de Tolosa, einem Ort, der von der majestätischen Burg im Norden getragen wird. Hier vereinten sich die Königreiche Kastilien, Aragón, Portugal und Navarra unter dem Banner von König Sancho von Navarra. Ihr Entschluss, gemeinsam zu kämpfen, war mehr als nur eine militärische Strategie; es war der Ausdruck eines Traums von Einheit und Freiheit.

Die christlichen Krieger, beseelt von der Hoffnung auf eine bessere Zukunft, standen entschlossen gegenüber den maurischen Almohaden, die unter der Führung des Kalifen Muhammad an-Nasir kämpften. Mit einem vereinten Herzen und einem unerschütterlichen Glauben an den Sieg gingen sie in die Schlacht, getragen von dem Wissen, dass ihre Anstrengungen nicht nur für den heutigen Tag, sondern für kommende Generationen von Bedeutung waren.

Und so kam es, dass an diesem denkwürdigen Tag die Schicksale von Menschen und Nationen in einem wahren Gemetzel entschieden wurden. Die christlichen Reiche siegten und eröffneten damit einen neuen Abschnitt in der

Geschichte der Iberischen Halbinsel. Ein Abschnitt, der von der Eroberung weitreichender Gebiete zeugte und einer Zeit, die gleichzeitig für Balam und Xul Eroberungsgelüste hervorrief. Hier, wo einst ferne Träume für die Freiheit in Erfüllung gehen sollten, begann für die beiden ein neues Zeitalter voller Möglichkeiten – eine Gelegenheit, die Vergangenheit hinter sich zu lassen und eine strahlende Zukunft zu gestalten. Endlich konnten aus den namenlosen Zuwanderern mehr werden als erfolglose Zuschauer. Sie entschieden sich, nicht wieder zu Atoc, Cusi, Azula, Muyal, Pixan und zuletzt zu Jean und seiner Familie zurückzukehren.

„Unsere Zukunft liegt bei den Soldaten", sagten sie zum Abschied zu Tupac. Sie schienen fröhlich und voller Zuversicht. Sie ahnten nicht, dass es nach dem Zenit nur noch ins Elend gehen konnte. Langsam vielleicht, jedoch stetig.

Weil er wusste, dass er sie nicht verstehen, ebenso wie er wusste, dass er sie nicht umstimmen konnte, machte er es kurz:

„Ich werde es den anderen erklären. Ich wünsche euch Glück." Er bemerkte deutlich, wie weit sie sich voneinander entfernt hatten.

Der Weg zurück zum Schmiedehof war für Tupac nicht so trüb und schwer wie der, den er vor drei Jahren in umgekehrter Richtung gehen musste. Wenngleich die Trennung von den langjährigen Begleitern ein wenig schmerzte. Jedoch die einzige Gewissheit im Leben ist die Ungewissheit.

Er war voller Vorfreude. Insbesondere müssen die Kinder eigentlich schon richtig groß sein. In dem Alter wächst man doch rasant.

Da war der kleine Arnaut von Jean und Muyal. Dieser kleine Kerl hieß natürlich wie sein Großvater. Esclarmonde war die Tochter von Azula und Pixan. Beide Kinder waren im selben Jahr geboren und nun wohl sechs, der jüngste, Bernart, vier Jahre alt. Er war der Sohn von Atoc und Cusi. Ob es noch weitere Kinder gab? Zeit genug war ja. Andererseits waren die Zeiten nicht leicht. Und natürlich gab es noch die kleine Aelís. Sie war nach dem Tod der Großmutter, Witwe Grenot, auf den Schmiedehof gekommen. Sie hätte doch sonst nicht gewusst, wohin. Vierzehn Jahre müsste sie jetzt sein, wenn er sich richtig erinnerte.

Der Pass lag hinter ihm. Eisige Luft hing noch in den Falten des Gebirges, doch als Tupac den Grat verließ und hinabstieg in das Land unterhalb der Pyrenäen, war es, als atme er wieder. Die Gascogne breitete sich vor ihm aus wie ein uraltes Versprechen – grün, feucht, weit. In den Tälern zeigten die Pflaumenbäume erste Früchte, und der Ruf eines Kuckucks hallte über die Wiesen. Oft gehört, jedoch nie gesehen, obwohl die Balz der Vögel recht umfangreich und langwierig ist.

Es schien ihm lange, so lange her, dass er von hier aufgebrochen war von dem Schmiedehof als Streiter für einen Herrn, den er nie gekannt hatte. Navarra hatte ihn verschluckt: staubige Lager, Schlachten, Hunger, das Elend der Belagerten. Er hatte überlebt, wie immer. Aber ein Teil von ihm war dortgeblieben. Balam und Xul waren aus seinem Leben verschwunden. Es waren nie seine besten Freunde, dennoch hatten sie so unendlich viel gemeinsam durchgestanden.

Sein Wams war verschlissen, das Schwert stumpf, seine Haare von Wind und Asche schmutziggrau und zerzaust.

Als er die ersten Häuser sah, die vertrauten, strohgedeckten Dächer, blieb er stehen. Kinder riefen, irgendwo schlug ein Amboss. Und aus einem Garten klang Lachen. Ein Klang, der stach.

Würden sie ihn erkennen? War er noch der, der damals fortging?

Dann sah er sie:

Am Brunnen stand Garsenda, die Frau mit dem offenen Gesicht und den Händen, die nach Erde rochen. Sie schöpfte Wasser, wie einst. Ihr Haar war von der Sonne hell geworden. Und als sie ihn sah, erstarrte sie – die Stimme stockte, das Seil glitt ihr aus der Hand.

„Tupac?", fragte sie, kaum hörbar. Der Eimer klatschte im Brunnen auf das Wasser.

Er ging auf sie zu, nickte unentwegt und umarmte sie. Als er sie wieder freigab, standen Jean, Muyal und beide Arnauts um ihn herum. Stumm, mit Tränen in den Augen.

„Tupac", sagte Muyal leise und umarmte ihn.

Eine Weile standen sie so. Schweigend. Dann sah sie ihn genau an. Die Augen waren feucht geworden.

„Komm herein, die anderen sind alle im Haus beim Essen. Der kleine Arnaut hat dich kommen sehen."

Als Tupac nach etwas mehr als drei Jahren den niedrigen Raum betrat, herrschte schlagartig Stille.

Cusi war die Erste, die das Schweigen brach.

„Tupac, wie siehst du denn aus? Das Haar zerzaust, das Gesicht ungewaschen und die Kleider recht unansehnlich?" Schließlich stieß sie einen spitzen Schrei aus, warf den Schemel beim Aufstehen um und fiel ihm um den Hals.

Dann redeten alle durcheinander. Lauter Fragen, lauter überraschte Ausrufe, viel Freude.

„Wo sind Xul und Balam?"

Tupac erklärte in kurzen Sätzen das Wichtigste und vertröstete auf später, um Genaueres zu erzählen.

„Wasch dich erst mal, dann gibt es Essen", sagte Garsenda und ergänzte „so viel du willst".

„Sehe ich so verhungert aus?", fragte Tupac

„Schlimmer", rief Cusi und lachte.

Tupac lächelte und spürte, wie sich die Anspannung in seinem Körper langsam auflöste, während er die Vertrautheit ihrer Stimmen und das fröhliche Durcheinander um ihn herum genoss. Hier war der Ort, an dem er wachsen, lieben und träumen konnte. Wo die Erinnerungen und Unbeschwertheit ihn wie ein warmer Mantel umhüllten.

„Es tut so gut, wieder hier zu sein", murmelte er und sah in die herzlichen Gesichter seiner Familie und Freunde, die allesamt eine Geschichte mit ihm teilten. Hier war kein Platz für die Schatten der Vergangenheit. Stattdessen leuchteten die Gesichter wie blühende Pflaumenbäume, voller Leben und Hoffnung.

„Ich werde mich waschen, und dann werde ich alles erzählen", versprach Tupac.

Im Haus gab es den süßen Geruch von gebackenem Brot und frischem Gemüse; Tupac konnte die Wärme der Küche förmlich spüren. So viele Male hatte er in der Kälte gesessen, Hunger und Warten ertragen, und jetzt, hier, war das Essen nicht nur Nahrung – es war Liebe, Gemeinschaft und unzählige Erinnerungen.

Tupac war inmitten von Gelächter und vorwurfsvollem Geplärre, als sie ihn zurück in den Kreislauf des Lebens drängten, wo die Zukunft glitzerte wie die Sterne, die über den Pyrenäen funkelten.

Im Laufe des nächsten Tages war Zeit, ausführlicher zu berichten. Der alte Arnaut ließ die Arbeit liegen und erklärte, was sich in der Zwischenzeit Neues entwickelt hatte.

„Du warst gerade auf dem Weg in den Krieg, da verkündete der Vogt, dass wir nun als Siedlungsplatz einen richtigen Namen bekommen würden. Wir heißen jetzt: „Forge sur mèr", verkündete er nicht ohne Stolz.

„-Schmiede am Meer -, das liegt natürlich nahe."

„Ja, wir sind alle ganz stolz, aber die übrigen Einwohner weiter im Dorf hätten lieber etwas kirchlicheres."

„Aber es gibt doch keine Kirche hier", stellte Tupac sachlich fest.

„Das bedeutet doch nicht, dass sie es aber lieber doch anders hätten. So als ob wir eine hätten."

Tupac machte eine wegwerfende Handbewegung.

„Du verstehst das nicht", stellte Arnaut fest.

„Nun mal eine ganz andere Frage", begann er dann. „Ich brauche Hilfe in der Schmiede. Die Aufträge, Waffen und Helme zu fertigen, nehmen zu viel Zeit in Anspruch. Ich bin

171

verpflichtet, diese Arbeiten zu tun, und es gibt eine Anzahl, die ich abliefern muss. Die anderen Arbeiten bleiben liegen. Pferde, Beschläge für Wagen, Pfannen, Werkzeug und vieles mehr. Du könntest bei mir etwas lernen und gleichzeitig wärst du mir eine große Hilfe."

Tupac überlegte nicht lange.

„Das mache ich gerne. Wenn du nicht gefragt hättest, hätte ich es dir vorgeschlagen."

„Das freut mich sehr", erwiderte Arnaut. „Während deiner Abwesenheit habe ich mich oftmals gefragt, wie es dir in der Fremde ergehen mag. Ob du noch lebst oder ...", den Rest des Satzes ließ er ungesprochen. Dann sagte er: „Immer wieder habe ich befürchtet, du könntest vielleicht nicht zurückkehren, es könne dir in der Fremde gefallen und dein Leben eine andere Wendung nehmen."

Tupac winkte ab.

„Es berührt mich, dass du an mich gedacht hast. Ich hätte nicht weiter als Soldat kämpfen können. Wenn du etwas tötest, wirst du weniger zum Mann als zum Tier."

Aufbruch

Raimond de Cardailhac saß in der nicht sehr großen Halle des Herrenhauses. Heute war ein kleiner Gerichtstag gewesen, den er immer in seinem Amtssitz führte. Es waren meistens Schlichtungen von geringer Bedeutung, die allerdings auch immer mit einem Urteil endeten.

Es war ein kühler, später Nachmittag im Frühjahr des Jahres 1220, als sich einige Dorfbewohner und die zwei Streithähne vor dem Vogt versammelten. Der Regen der letzten Tage hatte den Boden in eine Schlammwüste verwandelt, und die Hühner pickten unbeeindruckt zwischen den Stiefeln der Bauern. Als der Vogt den Fall aufrief, scheuchten sie die Hühner auseinander, zogen die Mützen und alle traten in die Halle.

Amtmann Raimond de Cardailhac saß auf einem hölzernen, grob gezimmerten, mit Schaffell belegtem Stuhl, der als einzige Erhebung in der ansonsten flachen, feuchten Halle diente. Seine Finger trommelten leicht auf den Armlehnen, während er auf die beiden Männer vor ihm blickte. Pierre, ein gedrungener Mann mit wettergegerbtem Gesicht, und Martin, ein hagerer Hühnerhalter, dessen grauer Bart zitterte, wenn er sprach.

Pierre trat einen Schritt vor und knetete die Mütze mit beiden Händen.

„Euer Gnaden", begann er, „dieser Mann hat meine Ziegen auf seine Weide gelockt und sie dort eingesperrt, dass sie die Nacht über hungerten!"

Er ballte jetzt die Faust, und seine Augen blitzten.

„Das ist Diebstahl, sage ich!"

Martin schnaubte und trat ebenfalls einen Schritt vor.

„Lüge!", rief er, die Stimme kratzig vor Empörung. „Es war nicht ich, der die Ziegen in meine Einzäunung trieb, sondern dein eigener Knecht, weil er zu faul war, den richtigen Weg zu nehmen! Deine Ziegen fraßen meinen Kohl – und nun willst du auch noch Entschädigung?"

Raimond lehnte sich zurück, rieb sich den grauen Bart und ließ seinen Blick über die Köpfe der Männer schweifen. Einige nickten zustimmend zu Martin, andere schienen auf Pierres Seite zu stehen. Im Dorf kannte jeder jeden – und auch die Geschichten, die nicht erzählt wurden.

Nach einem Moment des Schweigens hob Raimond die Hand, und die beiden Männer verstummten.

„Hört mich an", begann er mit ruhiger, aber fester Stimme. „Das Jahr war hart, und das Futter knapp. Eure Ziegen mögen falsch gelaufen sein oder geführt worden sein, das ist schwer zu sagen. Doch ich urteile so: Pierre, du sollst deinem Nachbarn Martin zwei Silberdenare zahlen, um den Schaden an seinen Kohlköpfen zu begleichen. Und Martin, du sollst dafür sorgen, dass dein Zaun künftig sicher steht, damit nicht das Vieh anderer Männer leicht hineinfindet."

Er ließ seinen Blick zwischen beiden Hin und Her wandern.

„Dies ist kein Land für Zwist. Der Boden ist schwer genug – streitet nicht auch noch untereinander."

Er schlug einmal mit seinem knorrigen Stab auf den Boden.

„So sei es gesprochen und beschlossen."

Die paar Zuschauer murmelten, einige nickten, und die beiden Männer warfen sich noch einen letzten, trotzigen Blick zu, bevor sie sich wieder zurückzogen. Raimond seufzte leise. Noch ein Urteil und viele weitere würden folgen, solange die Felder bestellt werden mussten und Menschen einander im Weg standen.

Als er wieder alleine in dem kleinen Saal war, dachte Raimond de Cardailhac über einige Fälle der Vergangenheit nach und war im Grunde stolz, dass sich beinahe alle Fälle durch seinen klugen Richterspruch befrieden ließen.

Dennoch, immer wieder gedachte er der Witwe Grenot. Es beschäftigte ihn, dass der Fall als beinahe einziger nicht aufgeklärt war. Zwar hatte er die drei Männer vom Schmiedehof für drei Jahre verbannt, allerdings war einer bereits vor Jahren zurückgekehrt. Immer wieder beschäftigte ihn die Frage, ob es einen Grund hatte, dass die anderen beiden nicht zurückgekehrt waren.

Waren sie schuldig? Hatten sie die Witwe getötet? Befürchteten sie die Entdeckung?

Wenn sie schuldig waren, warum wusste der Dritte im Bunde -dieser „Tupac-" nichts davon? Sie waren doch immer zusammen bei der alten Frau aufgetaucht. Und falls er doch etwas wusste, warum war er dann zurückgekehrt?

Raimond de Cardailhac war zwar als ein integrer Vogt bekannt, jedoch beschäftigte ihn der Ehrverlust, den er empfand, kolossal.

Er saß an seinem groben Eichentisch, den Kopf in die Hände gestützt. Der Wind pfiff durch die Ritzen des Turmzimmers, und das Feuer im Kamin war fast niedergebrannt, sodass die Schatten lang und unruhig über die Steinwände tanzten. Die Flamme zischte leise, als ein Tropfen Wachs von der dicken Kerze auf das Holz tropft, wie Blut auf ein Schwert.

Es waren nun über zehn Jahre vergangen, seit man die alte Witwe Grenot tot in ihrem kleinen Haus gefunden hatte. Erschlagen, der Ofen noch warm und kein Anzeichen eines Kampfes. Doch die wenigen Spuren, die er und seine Männer gefunden hatten, führten ins Leere: ein abgerissenes Stück Leinen, ein paar hastige Stiefelabdrücke, die der Regen längst verwischt hatte.

Die Dorfbewohner murmelten nach über zehn Jahren immer noch. Einige flüsterten von Räubern, die aus den Bergen herabstiegen; andere gaben heimlich den fahrenden Händlern die Schuld, die damals durchs Dorf gezogen waren. Aber viele hatten den zurückgekehrten Tupac weiterhin im Verdacht. Auch Raimond zweifelte, es musste jemand aus ihrem eigenen Dorf gewesen sein. Ein Fremder hätte nicht gewusst, dass die Witwe ein kleines Vermögen unter den Fliesen ihres Hauses verborgen hielt.

Und doch, er fand keinen Beweis, keinen Verdächtigen, keinen Anhaltspunkt. Sein Wort als Vogt begann an Gewicht zu verlieren, sein Ansehen verblasste. Es schien, er wolle Tupac schützen. Er spürte es in den Blicken der Männer, wenn er über den Marktplatz ritt, und in den gesenkten Augen der Frauen, die ihm nicht mehr in die Augen sahen.

Doch in der Schmiede, in der Tupac nun arbeitete, glühte die Hitze wie das Herz eines Vulkans. Die mächtige Esse brüllte mit jeder Bewegung des Blasebalgs auf, und der Funkenregen prasselte wie ein feuriger Sternenschauer gegen die Wände. Arnaut war hier immer seltener anzutreffen. Seine alten Knochen knackten schon bei vielen angestrengten Bewegungen. Was er als Schmied wusste, hat er bereits an Tupac weitergegeben. Tupac selbst stand inmitten des glühenden Lichts, die Schultern muskulös, die Arme voller Narben, die Haut gegerbt wie altes Leder. Er war kein Mann, der wie ein Hungerleider aussah. Jedoch in diesen Tagen galt das allein schon als Zeichen von Verdacht.

Die Leute kamen zwar weiterhin mit ihren Aufträgen, ein neues Hufeisen, ein Messer für den Schlachter, ein Riegel für die Scheunentür, aber ihr Blick wanderte stets schnell zur Seite, wenn Tupacs dunkle Augen, die ihren trafen. Sie murmelten Grußworte, die auf halbem Weg erstickten, und verließen die Schmiede oft schneller, als es der Anstand gebot.

Noch immer hing der Mord an der alten Witwe Grenot wie ein dunkler Schatten über ihm. Kein Beweis, keine klare Schuld, aber genug Zweifel, dass die Flamme des Misstrauens nie erlosch. Und dann waren da die Geschichten, das unheimliche Flüstern der Alten, die dunklen Märchen, die in den kalten Nächten am Feuer erzählt wurden.

Man sagte, er habe den bösen Blick und dass seine Augen Krankheiten und Unheil brächten, dass er seine Gefährten verflucht habe und sie deshalb nicht mit ihm in die Gascogne zurückgekehrt seien. Eine unsichtbare, kalte Mauer aus Angst und Aberglauben hatte sich um ihn aufgebaut.

Raimond de Cardailhac, der Vogt, hielt wenig von solchen Schauermärchen. „Der Mensch fürchtet, was er nicht versteht", pflegte er zu sagen, wenn ihm die alten Weiber ihre

Warnungen zuflüsterten. Doch auch er spürte, wie sich die Stimmung im Dorf langsam verdichtete, wie sich das Geflecht aus Misstrauen und Furcht zu einem drohenden Knoten spann.

Immer, wenn wir eine Wahl treffen, entsteht eine neue Zukunft. Vielleicht könnte er diesen Aberglauben sogar für sich nutzen, überlegte Raimond. Vielleicht war es an der Zeit, die Ängste der Leute nicht länger zu bekämpfen, sondern sie zu lenken wie ein Feuer, das man in die gewünschte Richtung treibt, bevor es außer Kontrolle gerät.

„Du hast versagt, alter Mann", flüsterte ihm die Stimme in seinem Kopf. „Du bist nicht mehr der unbestechliche Hüter der Gerechtigkeit. Du hast Blut auf deinem Land zugelassen."

Raimond schlug mit der Faust auf den Tisch, dass die Kerze tanzte und ein Wachsspritzer auf seine Hand fiel. Nein, er würde einen Mörder finden müssen, wenn er jeden Stein umdrehen und jedes Geheimnis aus den Mündern seiner Untertanen herauspressen müsste. Jedoch keimte ein unheilvoller Gedanke sehr schnell in einem hässlichen Winkel seines Gehirns: Wenn er Tupac auf welchem Weg auch immer als Mörder der Witwe präsentieren könnte, wäre endlich Ruhe in seinem Bezirk.

Am nächsten Morgen sollte er die Dörfer und Gehöfte noch einmal selbst durchsuchen, die Zäune um die Felder kontrollieren, die Ketten der Viehweiden prüfen und den Leuten in die Augen sehen, wenn er Fragen stellte. Der Winter würde noch lange dauern, und in der Kälte würden die

Zungen sich lockern, wenn die Hoffnung auf Gottes Gnade schwand.

Mit einem letzten, müden Atemzug legte er sich auf die harte Pritsche in der Ecke seines Zimmers, den Mantel eng um die Schultern. Die Flammen flackerten, als der Wind durch die Schlitze im Mauerwerk wehte. Irgendwo im Tal bellte ein Hund.

„Ich werde dich finden", flüsterte Raimond. „Und du wirst deine Sünde bekennen, wenngleich ich dich dafür in den Abgrund ziehen muss."

Am nächsten Morgen schloss Raimond de Cardailhac seinen schweren Mantel und trat hinaus in den kalten Morgen. Insgesamt ist der Winter in der Gascogne kühl und feucht, mit milden Temperaturen, aber hoher Luftfeuchtigkeit und häufigem Niederschlag. Heute war es indessen wieder einmal eine frostige Nacht gewesen, wie in diesem Jahr bereits des Öfteren.

Der Boden knirschte unter seinen Stiefeln, leicht gefroren wie der Ausdruck auf seinem Gesicht. Der Nebel lag noch tief in den Mulden, und der Atem seines Pferdes stieg in dampfenden Wolken auf, während er den Hof des Herrenhauses verließ.

Sein Weg führte ihn durch die schmalen, feuchten Gassen des Dorfes, vorbei an den rauchenden Kaminen, bis er den Schmiedehof weiter außerhalb erreichte. Der große, dunkelhaarige Mann mit der bronzenen Haut war ihm immer ein wenig ein Rätsel geblieben, ein Fremder aus einer fernen Welt.

Raimond hielt sein Pferd an, stieg ab und näherte sich dem Haus. Es war aus groben Steinen aufgeschichtet, das Dach mit schwerem Stroh gedeckt. Tupac war draußen, die Axt in der Hand, den Oberkörper nackt trotz der Kälte. Holz splitterte, als er den Block spaltete, der vor ihm lag. Die Schmiede benötigte Feuerholz. Schweiß glänzte auf seiner Haut, Dampf stieg von seinen Schultern auf. Als Tupac den Vogt sah, stellte er die Axt langsam ab, seine dunklen Augen prüften den Ausdruck in Raimonds Gesicht. Ein kurzer Moment der Stille, in dem nur der Wind durch die Bäume rauschte.

„Tupac", begann Raimond, und seine Stimme klang fester, als er sich fühlte, „ich habe Fragen an dich."

Der Mann neigte leicht den Kopf, ein Ausdruck von Vorsicht auf seinem kantigen Gesicht.

„Dann frag, Herr." Seine Stimme war tief, klang wie ferne Trommeln.

„Die Witwe Grenot ... der Fall ist noch ungeklärt. Tupac blieb stumm. Seine Hände ballten sich, die Axt ruhte schwer in seinen Fingern.

Ein kurzes Flackern in Tupacs Augen, dann schüttelte er langsam den Kopf.

„Nein. Ich wurde verbannt. Was gibt es noch? Ich habe drei Jahre für den König gekämpft. Was möchtest du wissen?"

Raimond trat einen Schritt näher, die kalte Luft zwischen ihnen wie ein unsichtbarer Wall.

„Und doch hat man eine Spur im Matsch vor ihrem Haus gefunden, die Form eines großen Stiefels, mit einer ungewöhnlichen Naht an der Ferse. Ich sehe, du trägst solche Stiefel."

Ein Muskel zuckte in Tupacs Kiefer. Er sah auf seine Füße, dann wieder in die Augen des Vogts.

„Es gibt viele Stiefel in diesem Dorf, Herr. Willst du alle befragen?"

Raimond spürte die Spannung in der Luft. Er musste vorsichtig sein, ein Fehler hier, und er könnte nicht nur einen Mann, sondern das Vertrauen des ganzen Dorfes verlieren.

„Ich werde deine Stiefel sehen, Tupac. Und wenn ich finde, dass dein Schritt passt ...", Tupac unterbrach ihn scharf.

Was ist dann? Es ist lange her, Vogt, lass nach. Ich war es nicht."

Tupac starrte den Vogt noch einen Moment an, dann drehte er sich um, nahm einen Stapel Holz und ging in die Schmiede.

„Ich werde die Wahrheit finden, Tupac", rief er ihm hinterher, „wir sind noch nicht fertig ..."

Tupac war auf einmal klar geworden, dass es die Situation, in der sich der Vogt befand, erforderte, einen Schuldigen zu präsentieren.

Köln 1244

Die kalte Luft wehte schneidend durch die Gassen Kölns, wirbelte den Schmutz und den Gestank der vollen Straßen auf und ließ die Ratten hastig in ihren Löchern verschwinden. Hinter den dicken Mauern der Stadt pochte das Leben wie ein mächtiges Herz, laut, roh und unaufhaltsam. Händler riefen ihre Waren aus, der süßlich-schwere Geruch von geräuchertem Fisch und frischem Leder vermischte sich mit dem fauligen Dunst aus den Aborten, und irgendwo in der Ferne hörte man das Hämmern der Schmiede und das Knarren der Fuhrwerke, die über das unebene Kopfsteinpflaster holperten.

Atoc schob sich durch die Menschenmenge, seinen Wollumhang fest um die Schultern gezogen, den Kopf leicht gesenkt, um den feuchten, kalten Wind abzuwehren. Es war nicht die Kälte, die ihn störte, er kannte die feuchten Winter der Gascogne, sondern die schneidenden Blicke, die ihn oft trafen, wenn er an den eng stehenden Häusern und den dampfenden Marktständen vorbeiging. Noch immer spürte er die fremden Augen auf sich ruhen, die sich fragten, was dieser dunkelhaarige, fremdartige Mann in ihrer Stadt wollte. Doch er ließ sich nicht beirren.

Sein Sohn, Bernart, war inzwischen ein kräftiger junger Mann, der bei den Steinmetzen arbeitete. Er schleppte Steine für die wachsenden Stadtmauern, die die aufstrebende Handelsstadt gegen die plündernden Heere des Reiches schützen sollten. Seine Schultern waren breit und seine Hände rau wie die Werksteine, die er schleppte, aber in seinen Augen lag noch immer das wilde Feuer seines Vaters. Tupac, Cusis Bruder, hatte eine Anstellung in einer kleinen Schmiede nahe dem Rheinufer gefunden. Sein Meister, ein alter, krummbeiniger Schmied namens Rolf, der mehr fluchte, als sprach, hatte ihn anfangs nur widerwillig eingestellt. Doch Tupacs kräftige Arme und sein eiserner Wille hatten ihn bald trotz seines fortgeschrittenen Alters zum unentbehrlichen Gehilfen gemacht. Nägel, Bolzen, Ketten, Riegel, alles, was die Stadt an Metall benötigte, formte er mit sicherer Hand und glühendem Stahl. Er stellte allerdings fest, dass ihm die Arbeit vor beinahe zwanzig Jahren, als sie nach Köln gekommen waren, leichter von der Hand ging.

Köln war zu dieser Zeit eine der größten und vermögendsten Städte des Heiligen Römischen Reiches. Der Rhein, der mächtige Strom, trug schwere Lastkähne und schnelle Flussschiffe, die Waren aus Flandern, England und den Häfen des Mittelmeers brachten wie Pelze, Wolle, Wein, Gewürze und feinstes Leinen. Auf den Märkten der Stadt mischten sich die Stimmen von Kaufleuten aus vielen Ländern, niederländisch, flämisch, französisch, rheinfränkisch und sogar slawisch, während die Kirchenglocken das Echo der großen Kirchen wie St. Severin, St. Gereon und St. Kunibert über die Dächer trugen. Ihre Fremdartigkeit, die mangelnden Sprachkenntnisse, die dunkle Haut, all das fiel in diesem Gewimmel wenig auf.

Cusi hatte es am schwersten. Ihre Kunst als Hebamme war zwar gefragt, aber ihre fremdartigen, seltsamen Rituale flößten den Kölner Frauen Furcht ein. Manchmal suchte sie Kräuter am Rheinufer, sprach leise zu den Geistern ihrer Ahnen und zündete kleine Bündel getrockneter Blätter an, deren Rauch nach heimischen Wäldern roch. Manche Frauen flüsterten hinter vorgehaltener Hand, sie sei eine Hexe, und man solle sie meiden, doch wenn die Geburtswehen einsetzten und die Angst vor dem Tod größer war als die Furcht vor fremden Bräuchen, klopften sie dennoch an ihre Tür.

Manchmal, wenn die Nacht über Köln hereinbrach und das flackernde Licht der Öllampen über den Rhein tanzte, versammelten sie sich alle vier in ihrer kleinen Kammer, die sie mühsam von ihren knappen Löhnen bezahlt hatten. Dann erzählten Tupac, Atoc und Cusi Geschichten von der Gascogne, von den Wäldern, Bergen und von einem Land auf der anderen Seite des großen Ozeans. Und von den Freunden, die sie zurückgelassen hatten, oder von den Geistern, die sie selbst über die Alpen und den Rhein verfolgt hatten. Für Bernart waren das unbekannte Geschichten. Seine Eltern hatten den Ozean von beiden Seiten gesehen, er selbst würde die andere Seite nicht kennenlernen.

Doch trotz aller Härte waren sie nun in Köln zuhause. In einer Stadt voller rauer Männer und hartgesottener Frauen.

Köln war eine linksrheinische Stadtgründung der Römer etwa im Jahr 50 und hieß zunächst Colonia Claudia Ara Agrippinensium. Etwas erhöht sollte sie auf die andere Seite ins Germanenland strahlen. Die Germanen sollten nicht gegen die Römer Krieg führen, sondern, wenn sie die Stadt von Ferne so groß, schön und mächtig, gar luxuriös erblickten, keinen größeren Wunsch hegen, als dort zu leben. Wenn sie die Stadt betreten sollten, würden sie beeindruckt von den schönen Gebäuden, warmen Bädern und umwerfenden Märkten.

Das war lange her. Und Tupac fand sie etwas klobig im Baustil. Er hatte von dem Drang erfahren, der die Menschen dazu brachte, ein Haus für ihren Gott zu bauen. In der Gascogne hatte er Gespräche mitbekommen, wie die kleinsten Orte eine Kirche bauen wollten. Hier in Köln fand er, es müsse ein riesiges Gebäude sein. Hoch und riesig, weil es doch eine so große Stadt war. Dabei jedoch filigran im Anblick, nicht die klotzigen Rundbögen, sondern feinere Spitzbögen. Neulich gerade hatte er sich mit Meister Gerhard darüber unterhalten. Er traf ihn in der Schmiede, als er ein Eisentor mit gedrehten Stäben für den Eingang einer Villa in der Innenstadt in Auftrag gab. Er plauderte mit ihm über den Baustil, den er selbst als so plump ansah, und der Baumeister Gerhard erläuterte ihm die römische Bauart.

Sie sprachen lange und Gerhard empfand den älteren Tupac als ausgesprochen sympathisch. Er bewunderte ihn, seine Lebenserfahrung, sein feines Benehmen, seine Weitsicht und Ideen. Gerhard war gerade zweiunddreißig Jahre alt geworden und fand in dem über sechzigjährigen Tupac einen väterlichen Freund. Später trafen sie sich bisweilen in der Schenke am Heumarkt, einem zentralen Handelsplatz, auf dem unter anderem Heu, Getreide und Vieh gehandelt wurden. Hier sprachen sie über Bauwerke im heiteren Stil, groß und luftig, Luftschlösser also. Sie malten mit Holzkohle auf den Tischen, bis die Schenke durch diese Kunstwerke bekannt wurde. Nun kam man nicht wegen des sauren Weines her, sondern um die zwei Sonderlinge zu sehen oder wenigstens ihre Hinterlassenschaft.

So kam es, dass Meister Gerhard eines Tages vor das Domkapitel geladen wurde. Zunächst hatte der Baumeister Angst vor dem Gespräch, hatte er doch höchsten Respekt vor den hohen Herren. Als die beiden sich beim nächsten Mal in der kleinen Wohnung von Tupac, Atoc, Cusi und Bernart trafen, schien er ganz aufgeregt und es dauerte nicht lange, da wussten sie auch warum.

„Sie suchen Handwerker für eine neue Kathedrale", sagte er mit funkelnden Augen. „Das haben sie bereits im März beschlossen. Die Grundsteine sollen bereits nächstes Jahr am 15. August 1248 gelegt werden, und der Bau wird Generationen beschäftigen. Bestimmt könnten wir dort Arbeit finden!"

„Und ein neues Ansehen", ergänzte Tupac, der sich nicht ohne Eigennutz eine Arbeit für sich und seine Familie erhoffte. Er selbst war schon alt und für schwere Arbeit nicht mehr zu gebrauchen. Als Mitarbeiter von Gerhard hatte er vielleicht eine Chance, sein Brot etwas einfacher zu verdienen. Als Aufseher oder Hüttenmeister in der Dombauhütte vielleicht. Außerdem konnte Bernhart als Steinmetz dabei eine lebenslange Arbeit erhalten. Bernhart hatte vor Kurzem eine junge Frau aus Köln geheiratet.

Sie hieß Margarethe, eine Tochter eines Tuchhändlers, und war klug, tüchtig und von sanftem Wesen. Obwohl sie das lebendige Treiben der rheinischen Stadt kannte, hatte sie sich ohne Zögern auf das ruhigere, aber von harter Arbeit geprägte Leben an der Bauhütte eingelassen.

Bernhart fühlte sich nun mehr denn je verantwortlich – nicht nur für die Steine, die er mit größter Sorgfalt bearbeitete, sondern auch für das Heim, das er mit Margarethe aufbauen wollte.

Seine Fertigkeiten waren gefragt, denn der neue Chor der Kathedrale sollte höher und kunstvoller werden als je ein Bau zuvor in der Region. Bald schon vertraute ihm der Werkmeister nicht nur die Aufsicht über jüngere Gesellen an, sondern ließ ihn an Entwürfen für Kapitelle und Maßwerk mitarbeiten.

Jeden Abend, wenn die Sonne hinter dem Gerüst verschwand und die Hämmer schwiegen, kehrte Bernhart müde, aber erfüllt heim. Und Margarethe erwartete ihn mit einem Lächeln und einem warmen Eintopf, den sie auf dem offenen Herd zubereitet hatte.

Langsam wuchs nicht nur das Gotteshaus aus Stein, sondern auch ihre gemeinsame Zukunft mit einem kleinen Jungen, den sie Arnold nach Margarethes Vater nannten

Atoc, hatte sich stets in der Rolle des Fremden gesehen. Der Gedanke, etwas Bleibendes zu schaffen, ein Werk, das seine Spuren über Jahrhunderte hinweg tragen würde, ließ selbst seine tiefen Narben durch ein karges, entbehrungsreiches Leben für einen Moment verblassen.

„Vielleicht ist es an der Zeit, dass wir nicht nur überleben, sondern ein Teil dieser Stadt werden", sagte er leise, und das Feuer warf tanzende Schatten an die Wände – wie die Geister ihrer Ahnen, die in einer fernen Welt über sie wachten.

Tupac starb auf der Dombaustelle im Alter von 70 Jahren, was für einen Mann in seinem Beruf und seiner Lebensweise ziemlich ungewöhnlich war. An diesem Morgen war die Luft frisch, und ein feiner Nebel umhüllte die unvollendeten Mauern. Trotz seines Alters fand Tupac es wichtig, jeden Tag zur Baustelle zu kommen, um den jüngeren Steinmetzen mit seiner Erfahrung und Gelassenheit zur Seite zu stehen. Sein Fachwissen über Proportionen, Lastverteilung und Symbolik war legendär, und obwohl die Jahre an ihm gezeichnet hatten, blieb seine Hand überraschend ruhig.

Er saß an seinem gewohnten Platz in der Nähe der Steine, beobachtete die Arbeit der Gesellen und gab leise Korrekturen. Plötzlich, ohne ein Wort zu verlieren, senkte er langsam den Kopf. Die Gesellen bemerkten anfangs nichts; sie hatten sich an seinen stillen Charakter gewöhnt. Erst als er nach mehreren Minuten nicht reagierte, kam einer von ihnen näher.

Tupac war friedlich eingeschlafen. In seiner rechten Hand hielt er noch den Klappzirkel, und auf seinen Lippen lag ein sanftes Lächeln, als hätte er in diesem Moment den perfekten Dom bereits vor seinem inneren Auge gesehen.

Insgesamt war die Szene sowohl bewegend als auch nachdenklich stimmend. Sie zeigt die Hingabe und Leidenschaft eines Mannes, der späte Jahre seines Lebens dem Bau widmete, obwohl ihm zu Beginn seines Daseins in Yucatán ganz etwas anderes prophezeit worden war.

Es war ein Donnerstag, der 13. März 1997, und es sah nach einem verlängerten Wochenende in Paris aus. Jasmin Feilbrand und Herr Professor Sönke Streitberger fuhren mit seinem Saab Lancia 600 auf der Autobahn A4 und der Autoroute de l'Est an einem typischen Frühlingstag in Deutschland morgens um sechs Uhr in Bielefeld ab. Bei kühlen Temperaturen, wechselhaftem Wetter, mit gelegentlichen Schauern hatte sie mit einem kleinen Köfferchen an der Ecke Jahnplatz nahe der U-Bahn auf ihn gewartet, den Mantelkragen hochgeklappt, den Kopf eingezogen. Allerdings ohne Mütze, die sei schlecht für die Haare.

Jasmin ist Studentin an der Universität Bielefeld. Sie ist ehrgeizig, wissbegierig und liebt es, tief in historische Mysterien einzutauchen. Ihre Begeisterung für alte Bauwerke und mysteriöse Legenden spiegelt sich in ihrer Dissertation über den Kölner Dom wider.

Jasmin hat dunkles, leicht gewelltes Haar, das sie meist pragmatisch zusammenbindet, wenn sie sich in staubige Archive oder lange Bibliotheksnächte stürzt. Ihre grünen Augen blicken oft konzentriert, manchmal jedoch auch träumerisch, wenn sie in ihren Gedanken versunken ist. Trotz ihres jungen Alters besitzt sie ein scharfes analytisches Denken, das sie manchmal etwas ruppig wirken lässt, wenn sie auf Ungenauigkeiten stößt.

Jasmin ist sportlich und liebt es, in ihrer Freizeit lange Spaziergänge durch die Wälder rund um Bielefeld zu machen, eine willkommene Abwechslung zur trockenen Arbeit am Schreibtisch. Doch ihre Neugier kann sie manchmal auch in Schwierigkeiten bringen, vor allem wenn sie sich zu tief in die Geheimnisse der Geschichte vertieft.

Heute werden sie die Strecke über Aachen, Lüttich, Charleroi und Reims nach Paris nehmen.

Die Fahrt würde jedoch kein romantischer Aufenthalt in der Stadt der Verliebten werden. Jasmin war Studentin der Geschichtswissenschaften an der Universität Bielefeld und gerade mit ihrer Dissertation beschäftigt. Professor Streitberger war ihr Doktorvater und betreute das Thema „Zwischen Mythos und Realität – Der Einfluss des Kölner Domes auf Kunst, Literatur und Volksglauben".

Sie kamen zusammen gut miteinander aus, waren sozusagen „ein gutes Gespann", jedoch mehr war für Jasmin nicht erkennbar.

Professor Sönke Streitberger war ein erfahrener und angesehener Historiker, spezialisiert auf mittelalterliche Architektur und Kunstgeschichte. Mit seinen 49 Jahren war er ein Mann von markanter Erscheinung: hochgewachsen, schmal und mit leicht ergrautem Haar, das er meist unordentlich über der Stirn trug. Hinter seiner schmalen Brille blitzen wache, graublaue Augen, die mit einem prüfenden, manchmal durchdringenden Blick die Welt um sich herum musterte.

Streitberger war bekannt für seinen trockenen Humor und seine oft scharf formulierten Meinungen, die er in seinen Vorlesungen und wissenschaftlichen Aufsätzen gerne in prägnante, oft provokative Sätze ergoss. Seine Kollegen schätzten ihn als brillanten Denker, der jedoch nicht selten als eigenbrötlerisch und distanziert wahrgenommen wurde. Ein eingefleischter Single, der die Gesellschaft von Büchern der von Menschen vorzog. Sein Büro an der Universität Bielefeld war eine Mischung aus geordnetem Chaos und archivarischer Schatzkammer, voller handschriftlicher Notizen, vergilbter Pergamente und verstaubter Folianten, deren komplexe Inhalte nur er wirklich verstand.

Streitberger war ein Verfechter der „harten Schule" historischer Forschung. Akribisch, unnachgiebig und oft unerbittlich blickte er auf seine Erwartungen an seine Studenten. Sein Motto: „Die Liebe zwischen Mann und Frau ist Krieg", zeigte seine pragmatische, oft zynische Sicht auf menschliche Beziehungen.

Sein wahres Element war die Diskussion – am liebsten in rauchigen, überfüllten Universitätscafés oder auf Tagungen, wo er mit spitzer Zunge und funkelnden Augen über gotische Strebebögen, vergessene Baumeister und die Geheimnisse mittelalterlicher Baukunst debattierte. Er hatte eine besondere Schwäche für komplexe Rätsel und historische Mysterien, die ihn immer wieder in alte Archive und staubige Bibliotheken lockten.

Jasmins Kommilitoninnen und auch sie selbst fragten sich allerdings, was denn der Professor von Jasmin wollte, und warum wollte er unbedingt mit ihr nach Paris? Streitberger hatte wohl einen Plan, jedoch wortkarg und nicht sehr auskunftsfreudig hatte er bisher noch nichts verlautbaren lassen, was irgendetwas aufklären konnte. Er hatte lediglich vor zwei Tagen in seinem nach alten Büchern riechenden Büro gefragt:

„Was macht ihre Arbeit über den Dom?

„Etwas zäh", antwortete Jasmin.

„Gut, dann packen sie einen Koffer für ein paar Tage in Paris. Ich hole sie am Donnerstag ab".

Und so saß sie nun im mäßig geheizten Saab Lancia 600 auf dem Beifahrersitz und stellte sich auf eine achtstündige Autofahrt ein. Neben der unanständig frühen Zeit und dem verregneten Frühlingstag kam noch die Herausforderung hinzu, dass der in Italien gebaute Wagen offensichtlich nicht in der Lage war, den Innenraum auf eine, für das kalte Klima im Norden, angenehmere Temperatur zu bringen. Sie hatte am U-Bahnhof einen Kaffee getrunken und in der Bäckerei vier Donuts, zwei mit Schokolade und zwei mit rosa Zuckerguss, gekauft. Für die Fahrt war das nicht viel, aber sie mussten ja auch irgendwo mal anhalten.

Sie packte ziemlich bald einen Donut aus der Tüte. Einen mit Schokolade, den mochte sie besonders gern und wollte gerade hineinbeißen, da fragte Streitberger:

„Was haben Sie denn da? Oh, einen Donut", griff hinüber, nahm ihn ihr aus der Hand und biss hinein. „Vielen Dank".

Verwirrt blickte sie den Professor an, griff in die Tüte und angelte nun den rosa Donut heraus und biss zu, ehe Streitberger den mit dunkler Schokolade verschlungen hatte.

Er schilderte kurz die Fahrtroute, prognostizierte acht Stunden Fahrt und fragte dann:

„Haben Sie noch so einen? Ich habe noch nichts gefrühstückt."

„Ich auch nicht", antwortete Jasmin etwas beleidigt, griff in die Tüte und beförderte einen zweiten klebrigen rosa Donut heraus.

„Lieber Schokolade", forderte Streitberger, „die anderen kleben so". Ein Regenschauer prasselte gegen die Frontscheibe.

„Ich habe uns zwei Zimmer in einem billigen Hotel reserviert. Heute Abend treffen wir einen Privatdozenten der Sorbonne. Er hat einige spannende Erkenntnisse zum Bau des Kölner Domes aus dem Jahr 1247, also ein Jahr vor dem Baubeginn, herausgefunden ... glaubt er. Wir sollten uns einmal anhören, was er zu sagen hat."

Jasmin nickte und sah aus dem Fenster, die Landschaft zog in graugrünen Schleiern an ihnen vorbei. Eine endlose Reihe von Schildern kündigte Belgien an. Die nassen Straßen glänzten im Licht der vereinzelten Sonnenstrahlen, die sich mühsam durch die Wolken kämpften. Für einen Moment hatte sie das Gefühl, dass diese Reise vielleicht mehr bereithalten könnte als nur bröselige Donuts und lange Autobahnkilometer.

Nach gut acht Stunden erreichten sie schließlich Paris. Der Verkehr wurde dichter, die Straßen enger, und die Hektik der französischen Hauptstadt erfasste sie. Der Saab kämpfte sich durch die engen Gassen, bis sie schließlich in einer kleinen Seitenstraße ihr Hotel erreichten, ein altes, etwas heruntergekommenes Gebäude mit einer ausgeblichenen Markise und bröckelndem Putz. Streitberger parkte den Saab in einer schmalen Parklücke, die Jasmin nur mit knapper Not für ausreichend hielt. Kaum war der Motor verstummt, hörten sie den dumpfen, vielstimmigen Lärm der Großstadt, vermischt mit dem Hupen entnervter Taxifahrer.

„Bienvenue à Paris", murmelte Streitberger, während er seinen und Jasmins Koffer aus dem Kofferraum wuchtete. Jasmin packte den ihren, sah sich um, atmete tief ein und schmeckte die Mischung aus Abgasen, feuchtem Stein und frischem Baguette in der Luft. Ein kühler Wind zog durch die Gasse und ließ sie frösteln.

Der alte Mann an der Rezeption sprach hastig Französisch, überreichte ihnen die Schlüssel und murmelte etwas über die „Regeln des Hauses", die Streitberger mit einem kurzen Nicken quittierte. Dann machten sie sich auf den Weg in ihre winzigen, kargen Zimmer im zweiten Stock. Das alte Holz der Dielen knarrte unter ihren Schritten, und der Geruch von abgestandenem Rauch und Reinigungsmitteln hing in der Luft.

Kaum hatten sie ihre Koffer abgestellt, klopfte Streitberger an Jasmins Tür.

„Wir treffen den Dozenten um sieben in einem kleinen Café in Saint-Germain-des-Prés. Eine Stunde Pause, dann machen wir uns auf den Weg."

Das Café war klein, dunkel und voller Geschichte. Der Dozent wartete bereits an einem kleinen runden Tisch in einer Ecke, ein zerfleddertes Notizbuch vor sich, das mit Eselsohren und Kritzeleien übersät war. Ein intensiver Geruch nach starkem Kaffee und herber Zigarette lag in der Luft. Als sie sich setzten, erhob er sich mit einem höflichen Lächeln.

„Bonsoir, Monsieur Streitberger, Mademoiselle Feilbrand. Mein Name ist Hèctor Bros. Es freut mich, dass Sie gekommen sind. Setzen Sie sich."

„Vielen Dank", antwortete Streitberger, „ich bin gespannt, was unsere Doktorandin zu Ihren Erkenntnissen sagt."

Jasmin blickte verwirrt zu dem Professor.

Der Dozent zündete sich eine Gauloise an, lehnte sich zurück und klopfte leicht auf sein Notizbuch. Der ungewöhnlich intensive Geruch des Zigarettenrauchs füllte die nähere Umgebung. Jasmin hustete.

„Nun, es geht um ein Dokument, das ich kürzlich in den Archiven der Kathedrale von Chartres entdeckt habe. Es könnte unsere Vorstellung vom Beginn des Dombaus in Köln grundlegend verändern oder weniger vom Beginn als besser von den Umständen."

Er blätterte langsam durch die vergilbten Seiten.

„Dieses Pergament enthält Notizen eines flämischen Baumeisters, der 1247, also ein Jahr vor dem offiziellen Baubeginn, in Köln gewesen sein soll. Es ist eine spannende Verbindung, wenn wir den Text richtig interpretieren, könnte es bedeuten, dass der Dom nicht nur ein Bauwerk, sondern auch ein ideologisches Symbol für das mittelalterliche Europa werden würde. Ein Werk verschiedener Kulturen."

Jasmin rutschte auf ihrem Stuhl von links nach rechts, schlug mal das eine Bein über das andere, dann umgekehrt. Schließlich sagte sie, als ihre Neugier überhandnahm:

„Monsieur Bros, sie haben sicherlich wichtige Unterlagen erhalten. Ich forsche bereits seit Jahren an allem, was sich mit dem Kölner Dom verbindet. Der Bau wurde 1248 begonnen. Irgendwann im August. Natürlich umschwirren ein solcher revolutionärer Bau viele Gerüchte. Es sei nicht Meister Gerhard gewesen, der als der erste Baumeister das Meisterwerk plante. Er solle eigentlich an anderer Stelle gebaut werden, vielleicht sogar in einer anderen Stadt. Dann wieder noch höher, später dann nicht so hoch, ein Teil sei eingestürzt und vieles andere mehr. Jedoch, Monsieur, bitte sagen Sie mir, was gibt es, dass Professor Streitberger so elektrisiert haben könnte, dass wir heute hier sind?"

„Nun, Mademoiselle, es ist nicht die siebenhundertfünfzig Jahrfeier im nächsten Jahr, wenn auch die Informationen, die ich habe in dem Jahr natürlich besonders zur Kenntnis genommen werden."

Jasmin sah ihn fragend an. Als Monsieur Bros schwieg, sah sie Streitberger an. Sie lehnte sich zurück, machte eine Geste, wie ein Dirigent, der sein Orchester aufforderte, mit dem Spielen zu beginnen.

„Wissen Sie, wer Tupac ist?", fragte der Professor scheinbar zusammenhanglos.

„Wenn ich das wüsste, wäre ich wohl eine undefinierbare Sorge los", antwortete sie halb fragend mit einem Seufzer.

„Kennen Sie Thor Heyerdahl?"

„Klar, kenne ich", sagte Jasmin unruhig geworden, „er fuhr mit einem Schiff aus Balsaholz über den Pazifik, um zu beweisen, dass eine Besiedelung Polynesiens von Westen nach Osten aus Asien weniger wahrscheinlich sei als von der amerikanischen Seite aus. Der präkolumbischen Bevölkerung sei das technisch unmöglich gewesen, war sich die

Wissenschaft einig. Heyerdahl bewies mit seiner Kon-Tiki das Gegenteil."

Sie redete immer schneller, denn sie verstand nicht, worauf Streitberger hinauswollte.

„Was hat das mit dem Kölner Dom zu tun?"

„Eine naheliegende Frage", mischte sich jetzt Bros wieder ein." Was mein geschätzter Kollege damit sagen will, ist, dass man oftmals einem Irrtum unterliegt, wenn man das Unwahrscheinlichste von Anfang an ausschließt. Sich selbst im anderen sehen zu wollen, liegt wohl in der menschlichen Natur. Bleiben wir jedoch bei der Schifffahrt, allerdings jetzt auf dem Atlantik im dreizehnten Jahrhundert."

„Das war Küstenschifffahrt", warf Jasmin ein. Bros überhörte den Einwand.

„Jetzt kommen wir zu Tupac", er machte eine bedeutungsvolle Pause.

„Dieser junge Mann war ein Einwohner eines kleinen Fürstentums der Maya auf der Halbinsel Yucatán. Er war der Sohn oder Neffe eines lokalen Adligen, der nach unserer Zeitrechnung um das Jahr 1200 von seinem Nachbarn Yuknoom überfallen wurde. Er tötete den Vater oder Onkel, der Sohn oder Neffe kam in die Sklaverei. Sie mussten jahrelang größere Schiffe bauen, damit der Herrscher sie mit Soldaten bestückt auf Beutezug schicken konnte. Er wollte die kleinen Fürstentümer an der Küste überfallen und versklaven. Nach mehreren Jahren ist der junge Mann mit einigen anderen aus der Sklaverei geflohen und spurlos verschwunden. Das ist alles durch die Geschichtsforschung verbürgt und nachgewiesen. Wir wissen sogar, dass Tupac eine jüngere Schwester hatte, Cusi, eine Medizinfrau.

Jetzt kommt die Überraschung: Um das Jahr 1204 schreibt ein Mönch der Abtei Saint Sever nun über einen Besuch in der Gemeinde, die einige Jahre später „Forge sur mèr" heißen wird. Er beschreibt ausführlich die geschichtlichen Umstände, Kriege, Streitigkeiten und Klatsch aus dem Königshaus und er beschreibt genauso akribisch ebenso eine Gruppe fremd aussehender Menschen in dem Hof der damaligen Schmiede des Ortes dicht am Strand. Fremd aussehende Menschen waren in der Gascogne oft anzutreffen, die Iberische Halbinsel war ja nicht weit und lange maurisch. Er beschreibt sie natürlich nicht als Maya, aber ein Bewohner des Ortes soll – so ist es eindeutig in seinen Aufzeichnungen zu lesen - „Tupac" und eine junge Frau „Cusi" geheißen haben. Übrigens, eine Hebamme und Kräuterfrau, wie er sie abschätzig beschrieb. Außerdem konnte er sich nicht verkneifen, sie als „ein sære schoene vrouwe" zu beschreiben.

Sie kamen also mit dem Schiff über den Atlantik. Anders ist die Geschichte nicht zu verstehen."

Jasmin schwieg, der Blick starr und ohne den Kopf zu bewegen, wanderten die Augen von Bros zu Streitberger und zurück. Sie zog die Augenbrauen hoch, schüttelte erst wenig, dann heftig den Kopf und prustete schließlich heraus:

„Und woher wissen Sie das alles?", warf dabei die Hände in die Höhe und fiel zurück in ihren Stuhl.

„Die Mönche der Abtei waren sehr fleißig und haben alles aufgeschrieben und gut behütet."

„Soso", sagte Jasmin lediglich. Es klang bereits ein wenig müde. Dann fragte sie weiter, vielleicht weil sie hoffte, allein durch die Frage das Schlimmste verhindern zu können oder wenigstens durch die Antwort etwas zu erfahren, das die Theorie der Atlantiküberquerung von Westen nach Osten ins Wanken gebracht hätte.

„Warum Köln? Wie kam dieser ‚Tupac' nach Köln?"

„Wahrscheinlich nicht allein, sicherlich mit seiner Schwester, vielleicht mit deren Mann, sicherlich mit Kind. Ehe sie fragen Mademoiselle, es gab einen Mord. Dokumentiert hat dies der Vogt. Der führte einen Prozess. Tupac wurde infolgedessen erst verbannt, dann Soldat in Navarra und musste schließlich fliehen. Er wurde wohl den Verdacht, ein Mörder zu sein, nicht los. Seine Schwester folgte ihm."

„Oder sie benötigten einen Sündenbock. Das sind die Fremden auch heute noch. Sie sehen eben fremd aus", sagte Jasmin und wunderte sich über ihre Einlassung, die Geschichte nachvollziehen zu können.

„Aber es kommt noch besser", sagte Streitberger, „er war ganz sicher in Köln. Er wanderte aus der Gascogne kommend über Saint Étienne, Lyon, Genf, Basel, Rhein abwärts mit dem Schiff bis nach Köln. Das scheint eine der am meisten genutzten Reiserouten in der damaligen Zeit gewesen zu sein. Deshalb ist es wahrscheinlich, dass Tupac sie ebenso gegangen ist. Außerdem ist es bequem, ab Basel mit dem Schiff zu fahren. Und Köln ist nach so einer langen Reise ein wahrscheinlicher Ort zum Aussteigen. Hier lernte er den späteren Dombaumeister kennen. Auch in der Dombauhütte gibt es Aufzeichnungen. Vermutlich hatte er in Saint

199

Étienne das erste Mal eine Kirche im gotischen Stil gesehen und konnte gut fachsimpeln. Er wäre nicht der Einzige, der den romanischen Baustil plump fand und dem der gotische verspielt und elegant vorkam. Jedenfalls hat der Dombaumeister ihn eingestellt und jahrelang wahrscheinlich als Berater an seiner Seite gehabt."

„Woher weiß man das nun wieder?", fragte Jasmin abgeschlagen.

Nun führte Hèctor Bros weiter aus:

„Auch die Dombauhütte hat Aufzeichnungen. Er war ein kreativer Schmied, jedoch schon ziemlich alt und zur schweren körperlichen Arbeit auf einer Dombaustelle nicht mehr geeignet oder fähig. Er verstand sich wohl gut mit Meister Gerhard. Ihn faszinierte die Vita des Maya. Eine ‚Rechte Hand' hatten alle Baumeister."

Jasmin blickte ins Leere und murmelte:

„Dann hat er vielleicht maßgeblich gemeinsam mit dem Meister an der Konstruktion des Domes mitgearbeitet." Sie wirkte matt, als wäre der Dom in ihrem Kopf gerade zusammengestürzt.

Sie hatte lange daran geforscht, hatte jeden einzelnen Vertreter des geistlichen Domkapitels unter die Lupe genommen. Sie hatte zusammengetragen, was die anerkannte Literatur hergab. Sie hatte sich festgelegt auf eine mittelalterliche Geschichte und eine Entwicklung der Architektur aus einer europäischen Sicht, entstanden aus einem europäischen, westlich geprägten Weltbild. Der Dom war eine konsequente Weiterentwicklung einer langen Tradition, einer Linie aus Gedanken, die einzig auf diesem Kontinent

entwickelt worden waren. Diese europäische Gedanken-
welt, die einen derartigen Dom bereits gedacht hatte, als ein
Modell, mündete schließlich in einer in Stein gehauenen
sichtbaren monumentalen Huldigung Gottes. So ihre hart
erarbeitete Theorie.

Und nun stellte sich heraus, dass ein Maya aus Yucatán auf
der Flucht vor einem Leben in Sklaverei in St. Étienne zufällig an einem Vorläufer eines gotischen Doms vorbeikam und
für den Kölner Dom der finale Ideengeber sein sollte?

Jasmin saß auf ihrem Stuhl, nach vorn gebeugt mit hängen-
den Armen und käsebleich.

„Mademoiselle, was ist mit Ihnen?", fragte Bros. Er klang besorgt.

Jasmin richtete sich nicht auf, als sie antwortete:

„Das wird ein Gemetzel geben."

„Was ist los?", fragte Steinberger irritiert und schaute ratlos
zu Bros.

„Ja, sehen Sie denn das nicht?", fragte Jasmin und straffte
sich jetzt deutlich.

„Konkurrenz unter Geschichtswissenschaftlern? Da gibt's
tatsächlich 'ne Menge zu sagen. Wenn wir uns die Szene an-
schauen, wird schnell klar: Es ist nicht nur akademisches
Interesse, da stecken auch jede Menge persönliche Ambiti-
onen, verletzliche Egos und natürlich die Suche nach Ruhm
und Anerkennung drin."

Als ob Jasmin von etwas völlig Unbekanntem sprach,
schauten die zwei Herren verunsichert, vielleicht pikiert
aus.

Jasmin blickte zwischen beiden Hin und Her, schüttelte dann den Kopf.

„Einer der Hauptgründe für diese Konkurrenz ist, wie sollte es anders sein, die Anerkennung. Wenn ein Historiker mit einer neuen, spannenden Entdeckung um die Ecke kommt, ist das wie ein Jackpot im Casino. Die Aufmerksamkeit der Fachwelt, prestigeträchtige Stipendien und vielleicht sogar eine Professur stehen auf dem Spiel." Dabei blickte sie Streitberger in die Augen. „Und wer könnte das nicht gebrauchen? Stellen Sie sich vor, Sie haben ein Leben lang geforscht, und plötzlich kommt jemand, der mit einer wackeligen Theorie auf die Bühne springt und alles in den Schatten stellt. Ziemlich frustrierend, oder? Klar, gesunde Konkurrenz kann Innovation ankurbeln, aber es gibt immer die Gefahr, dass das Ganze ins Persönliche abrutscht."

Streitberger holte Luft, als wolle er etwas bemerken, unterließ es jedoch. Vielleicht war ihm gerade noch rechtzeitig Thor Heyerdahl eingefallen.

„Ein weiterer Aspekt ist die Existenz unterschiedlicher wissenschaftlicher Schulen. Historiker tummeln sich in ihren eigenen kleinen Nischen, und es gibt oft gänzlich unterschiedliche Ansätze und Perspektiven auf dieselben Themen. Denken Sie mal an die marxistische Geschichtsschreibung und die Annales-Schule, das sind quasi zwei verschiedene Welten."

An dieser Stelle fühlte sich Héctor Bros offensichtlich angesprochen, denn an der Sorbonne gab es hierzu einen Lehrstuhl.

Jasmin fuhr unbarmherzig fort:

„Diese Schulen konkurrieren ständig um die Deutungshoheit. Das führt nicht nur zu spannenden Debatten, sondern auch oft zu leidenschaftlichen Streitigkeiten, die seltener sachlich, sondern eher emotional geführt werden. Das kann dazu führen, dass sich Historiker in ihren Überzeugungen verhärten, statt offen für neue Ideen zu sein."

Sie wartete, um sich zu sammeln, jedoch auch, um den Professoren die Möglichkeiten zu einem Einwand zu geben. Sie schwiegen.

„Und dann sind da die begrenzten Ressourcen. Archive sind nicht unbegrenzt zugänglich, Fördergelder sind rar, und die Plätze für Publikationen sind heiß begehrt. Das bedeutet, dass Historiker manchmal um alles kämpfen müssen, um ihre Stimme zu behaupten und gehört zu werden. Das ist wie ein Wettrennen, bei dem jeder versucht, das Loch in der Mauer zuerst zu entdecken, um als Erster die Nachricht in die Welt zu schreien. Umso mehr, wenn das bisherige Geschichtswissen, wie das um den gut erforschten Kölner Dom, eher still und leise, wie ein Karpfenteich ist."

„Übertreiben Sie nicht ein wenig, Mademoiselle. Die Brisanz einer solchen Entdeckung ist doch allenfalls …".

Hier unterbrach Jasmin den Professor Bros und unterstrich es mit einer entschlossenen Handbewegung.

„Nehmen wir mal das Beispiel mit den Wikingern und den Maya: Wenn einer der beiden Historiker eines Tages einen glorreichen Beweis hat, dass die Maya tatsächlich 300 Jahre vor Kolumbus in Frankreich gelandet sind, könnte das die gesamte Geschichtsschreibung auf den Kopf stellen. Schlagartig wäre die gängige Erzählung von der

„Entdeckung" Amerikas durch Kolumbus nicht nur fragwürdig – sie würde komplett umgekippt. Eine derartige Schiffsreise von Menschen aus Yucatán, die etwa im Jahr um 1200 Europa entdeckten, wäre ein Orca im Karpfenteich der bisherigen Erkenntnisse der Entdeckungen auf der westlichen Weltkarte. Nicht Kolumbus entdeckte Amerika, sondern Tupac aus Yucatán entdeckte Europa. Dreihundert Jahre früher."

Jasmin lachte hell auf.

„Das hat nicht nur Auswirkungen auf die geschichtliche Forschung, sondern auch auf unsere Sicht auf Kolonialismus und Identität. Und das ist brisant!"

Streitberger zeigte sich beeindruckt. Er hatte das Gefühl, moderieren zu müssen.

„Um das Ganze ins Lot zu bringen, benötigen wir doch gerade Historiker, die sich als Teil einer Gemeinschaft sehen, die gemeinsam auf die Suche nach der Wahrheit geht – und dafür braucht es Offenheit, Respekt und das Bewusstsein, dass Geschichte oft vielschichtiger ist, als wir es uns vorstellen können."

„Da haben Sie sicherlich recht und es bleibt zu hoffen, dass wir die Entwicklung dann jederzeit in der Hand halten. Es gibt die dunkle Seite, die wir nicht ignorieren sollten. Solche Entdeckungen, wie sie im Falle der Maya in Frankreich geschehen könnten, haben das Potenzial, von politischen Gruppen ausgeschlachtet zu werden. Wir alle wissen, wie sensibel Geschichte ist. Sie kann als Waffe genutzt werden, um Gesellschaften zu spalten und Narrative zu drehen. Der Gedanke, dass solche Daten auch von Leuten gestreut werden können, die damit Agenda machen, wirft eine Schattenseite auf das ganze Unterfangen."

Jasmin sackte zusammen, musste sich sammeln, schaute eine ganze Weile stumm vor sich hin, sagte nichts.

Die beiden Professoren blickten sich ratlos an.

„Wir müssen uns den Ort in der Gascogne ansehen, Professor", meinte sie plötzlich, offensichtlich aus der Gedankenstarre erwacht.

„Gut, dass Sie das sagen, ich dachte, Sie sind in Gedanken gefangen. Ihr Elan scheint zurück."

„Ich hatte nie mehr davon".

Das alte Ortsschild aus Beton zeigte in blauen Lettern „Forge sur mèr". Nach guten zehn Stunden Fahrt hatten sie es am nächsten Tag geschafft und waren von Paris bis zu diesem kleinen Nest gekommen. Der Professor hatte nach drei Stunden hinter dem Lenkrad aufgegeben und Jasmin gebeten, weiterzufahren. Sie wechselten die Position und lösten sich kurz hinter Bordeaux noch einmal ab.

Der Ort war immer noch verschlafen. Jedoch suchte man nach Spuren aus einer über siebenhundertjährigen Vergangenheit vergeblich. Sie fuhren zum Strand. Hier gab es einen Parkplatz, nur etwa einhundert Meter vom Wasser entfernt auf einer kleinen Anhöhe. Um diese Jahreszeit waren sie die Einzigen am Strand. Kein Eiswagen und keine Crêpes weit und breit.

Jasmin stand nicht nur wegen der langen Autofahrt und dem unbeweglichen Herumsitzen auf wackligen Beinen. Sie streckte sich und machte einige Kniebeugen. Anschließend spürte sie wieder Leben in den bislang unbeweglichen Körperstellen.

Streitberger hatte sportliche Übungen wohl nicht nötig. Er bewegte sich sofort Richtung Strand und rief:

„Kommen Sie, kommen Sie. Sind Sie denn gar nicht neugierig auf die Begegnung mit der Vergangenheit?"

„Ich komme schon", rief Jasmin und spürte den ersten feuchten Sand in den Schuhen.

Und dann das Meer. Groß und weit und bei dem Wetter grau. Windig war es. Die Wellen stießen auf das Land und durch das nasskalte Frühjahrswetter waren sie wenig einladend. Vereinzelt riss die Sonne den Himmel auf und beleuchtete in einiger Entfernung das Meer. In einer Stunde würde sie untergehen. Jasmin setzte sich auf eine Bank, die die Gemeinde an einer schönen Stelle leicht windgeschützt aufgestellt hatte. Sie stopfte die Hände in die Manteltaschen, zog den Kragen hoch und lehnte nun lässig langgestreckt auf der Bank. Der Professor setzte sich neben sie, die Ellenbogen auf den Knien, und blickte ebenso über das Wasser. Beide schwiegen. Einige Minuten hörten sie dem Meer zu. Sie hörten die Wellen, wie sie von weit draußen auf den Strand zurollten. Zuerst ganz leise, dann, als der Meeresgrund flacher wurde und die Welle sich brach und damit das Ende ihrer Existenz erwartete, wurde sie lauter, sie rauschte, als würde sie etwas ankündigen. Jedoch war nichts Eindeutiges in ihrer Anstrengung zu erkennen. Als sie dann aber flach am Strand auslief, erklang ein leiser Hauch, wahrscheinlich hervorgerufen durch die kleinen Kiesel, die zunächst mit dem Wasser den Strand herauf und beim

Zurücklaufen wieder hinunterrieselten. Spätestens jetzt war die Welle aus der Welt verschwunden.

Wer weiß, woher sie kam? Vielleicht vom anderen Ende der Welt, über dem die Sonne nun dunkelrot unterging.

Aber **hier** würde die Welle letztlich auf Land stoßen und ihre Reise beenden.

Und dann plötzlich sah sie es.

Ein Boot, aus Mahagoni mit einem kleinen Aufbau für minimalen Schutz, darunter einige Menschen, Männer und Frauen. Ihnen war kalt und sie -- hungrig, durstig und verängstigt -- sahen auf das Land. Sie waren schon lange unterwegs. Ein kleines Boot auf hoher See.

Tief unter den Menschen, tagelang, wochenlang, bedrohliches dunkles Wasser, Angst machende Tiere, Seekrankheit und keinerlei Gewissheit, wohin es sie verschlägt.

Zunächst trieb sie der Wunsch, unerkannt zu fliehen und dann irgendwo auf friedliches Land mit freundlichen Bewohnern zu treffen. Jetzt, kurz vor der Küste, können sie einen riesig breiten Streifen sehen und sie wissen, dass ihre Reise nicht weitergeht, genauso wie sie es niemals erahnen können, was sie in dieser Welt erwarten und wie sie diese verändern würden.

Jasmin erhob sich, ging an die Wasserlinie, so als wenn sie etwas erwartete, so als ob dort jemand wäre, und schaute mit leuchtenden, feuchten Augen weit auf das Meer hinaus. Nach dem Versinken der Sonne atmete das Meer in Dunkelblau. Nur ein letzter silberner Streifen flackerte über die Wellen.

Als würde der Tag sich mit einem Seufzer verabschieden.